# SILENT HILL®

## POURRI DU VENTRE

écrit par Scott Ciencin

dessiné par Ben Templesmith
et Aadi Salman

éditions CARABAS

Original Title - SILENT HILL : DYING INSIDE #1-5
publié aux Etats-Unis par IDW Publishing en Août 2004



traduction : David Calvo
1^er^ édition : septembre 2005
dépôt légal : septembre 2005
i.s.b.n : 2-914203-80-2

achevé d'imprimer en septembre 2005
sur les presses de Stige en Italie

# Silent Hill®: Pourri du ventre


*Scénario:* **Scott Ciencin**

*Dessin (Chapters 1 & 2):* **Ben Templesmith**

*Dessin (Chapters 3, 4, & 5):* **Aadi Salman**

*Couverture:* **Ashley Wood**

*Lettrage:* **Robbie Robbins**

*Design:* **Cindy Chapman**

*Editeur de la série originale:* **Kris Oprisko**

*Editeur:* **Alex Garner**

*Traduction:* **David Calvo**

*Remerciements spéciaux à Kaz Nirasawa et Tetsuya Hiyoshi de chez Konami Corporation pour leur précieuse collaboration.*

CHAPITRE 1

Illustration de couverture #1
de Ashley Wood

ATTENDS, LYNN. J'EN AI UNE POUR TOI.
QU'EST-CE QUI A DEUX TÊTES, UNE BOUCHE ET PAS DE CERVEAU ?
TU DONNES TA LANGUE AU CHAT ?

GOD LIVES IN US ALL *
CETTE CHOSE, JUSTE DERRIÈRE MOI, QUI VA TE DÉCHIRER POUR DÉGUSTER TES ENTRAILLES.
* DIEU VIT EN CHACUN DE NOUS

* METATRON ÉTAIT ICI

* CASSE-COUILLES.

* L'ORDRE EST TON AMI

... JE PEUX LE SENTIR, LÀ-BAS DEHORS, QUELQUE PART.
TOUT LE MONDE ME VEUT.
AGENTS. AVOCATS. MANAGERS.
SEIGNEUR, ILS M'ÉQUARRISSENT. SE NOURRISSENT DE MOI.
C'EST L'IMPRESSION QUE ÇA ME DONNE.
DR. ABERNATHY ?

* VOUS ÊTES BELLE... L'ARGENTO UPTOWN... CHAMBRE 618

FRUSTRANT.
NON, NE PARS PAS. JE FERAI TOUT CE QUE TU VEUX.
TOUT.
ENCORE UNE DE CES HISTOIRES À SUCCÈS.
MAIS LA SEULE CHOSE QUE JE VEUX, ELLE NE PEUT PAS ME LA DONNER.

PEUT-ÊTRE QU'IL Y A QUELQU'UN QUI POURRAIT.
ÉCOUTE, JE SAIS POURQUOI TU AS CESSÉ DE FAIRE DU BÉNÉVOLAT. JULIANNA NOUS MANQUE À TOUS. SON SUICIDE EST UNE TRAGÉDIE.
ON ACCEPTE TOUS DIFFÉREMMENT LE CHAGRIN, ALORS JE NE TE FERAIS PAS LA MORALE SUR LA MANIÈRE DONT TU GÂCHES TON TALENT, DONT TU GASPILLES TES DONS.
BON, TRÈS BIEN...
MAIS C'EST VRAIMENT LA MERDE DE VOIR LE TOP TEN DES THÉRAPEUTES DU PAYS S'ENVOYER EN L'AIR AVEC DES PROMOTEURS IMMOBILIERS OU DES ACTEURS À VINGT MILLIONS LE CACHET POUR ESSAYER D'ENTRER EN POLITIQUE, PLUTÔT QUE D'AIDER LES GENS QUI EN ONT VRAIMENT BESOIN.
BORDEL.
JE ME SOUVIENS COMME TU ÉTAIS. TU AVAIS UNE FAÇON DE DÉBLOQUER DE TELS PATIENTS QUAND PLUS PERSONNE NE LE POUVAIT.
PHIL, AVEC TOUT MON RESPECT, S'IL TE PLAÎT, FERME TA PUTAIN DE GUEULE.
TU AS RAISON. LES BONS JOURS, J'AI L'IMPRESSION D'AVOIR UNE LÉGION DE VERS GROUILLANT DANS MON VENTRE, TRAÎNANT DES HAMEÇONS SUR MES TRIPES.
J'AI ASSEZ DE CACHETONS À LA MAISON POUR TUER UN BON MILLIER DE ROCK STARS, MON COMPTE EN BANQUE EST À HUIT CHIFFRES ET LES FEMMES... SEIGNEUR.
TU ES SÉRIEUX ?
TU VEUX QUE JE M'OCCUPE DE CETTE FILLE OU NON ?
Hug
Hug
Hug

LES NOTES PRÉLIMINAIRES SUR LE CAS SONT BASIQUES MAIS COUVRENT L'ESSENTIEL. DÉSORDRE DÉPRESSIF POST-TRAUMATIQUE. SCHIZOPHRÉNIE PARANOÏAQUE. TENTATIVES DE SUICIDE.
ELLE EST EN TRAITEMENT DEPUIS UN AN ET DEMI, SANS AMÉLIORATIONS.
FOND DE L'HISTOIRE : TRAUMA À LA SUITE D'UN SÉJOUR DANS UNE VILLE ABANDONNÉE APPELÉE SILENT HILL. JE NE SAIS PAS SI ELLE A ÉTÉ VIOLÉE, SI ELLE A ÉTÉ TÉMOIN D'UN MEURTRE, TOUT, OU PIRE...

JE TENTE LA VULNÉRABILITÉ NARCISSIQUE. VIOLENT DÉNI DE LA RAGE. DÉSORDRE MASOCHISTE DE LA PERSONNALITÉ.

PENDANT DES SEMAINES, NOUS PASSONS EN REVUE LES GRANDES FIGURES DU DIAPORAMA CLINIQUE : DÉSENSIBILISATION DU MOUVEMENT DE L'ŒIL. PSYCHOTHÉRAPIE ÉNERGIQUE. NEUROGÉNÈSE. HYPNOSE THÉRAPEUTIQUE. GÉNOMIQUES PSYCHOSOCIALES. MÉDECINE MOLÉCULAIRE. SOINS CHAMANIQUES.

SON ESPRIT LA TORTURE. LA MERDE QU'ELLE A INVENTÉE POUR REPRÉSENTER ET DISSIMULER SES VÉRITABLES SOUVENIRS EST ICI, AVEC ELLE, DANS LA PIÈCE, POUR ELLE AUSSI RÉEL QUE MOI.

AU BOUT DU COMPTE, ON EN FINIT PAR DIRE "MON CUL" ET LA BOURRER DE MÉDOCS.

RIEN NE MARCHE.

UN TRAITEMENT PLUS RADICAL A ÉTÉ APPROUVÉ. EN LA RAMENANT À SILENT HILL, EN LUI PROUVANT LA NORMALITÉ DE L'ENDROIT, J'ESPÈRE BRISER SES ILLUSIONS ET OBTENIR LA VÉRITÉ SUR CE QUI S'EST PASSÉ.
LA PATIENTE, UNE ÉTUDIANTE EN CINÉMA, S'EST RENDUE À SILENT HILL IL Y A DIX-HUIT MOIS. SON INTENTION ÉTAIT DE FILMER DES LIEUX SOI-DISANT "ATMOSPHÉRIQUES" POUR REVENDRE LES RUSHS À DES MAJORS.
LES RUSHS EN QUESTIONS N'ONT JAMAIS ÉTÉ RETROUVÉS. LYNN DIT QU'ILS ONT ÉTÉ VOLÉS À L'HÔPITAL.
AVANT DE PASSER CETTE NUIT À SILENT HILL, LA PATIENTE ÉTAIT CURIEUSE, VIVACE, GENTILLE.
QUE DIEU ME VIENNE EN AIDE, ELLE ME TOUCHE CETTE GAMINE. JE SAIS CE QUE C'EST QUE D'AVOIR DES SECRETS QU'ON NE PEUT RÉVÉLER.
Welcome to Silent Hill
AVOIR FAIT DES CHOSES - QU'ON NOUS AIT FAIT DES CHOSES - QU'ON NE PEUT TOUT SIMPLEMENT PAS AFFRONTER.

L'IDÉOLOGIE DU PATIENT EST ASSEZ SIMPLE : LA PETITE FILLE BLESSÉE DANS SA ROBE BLANCHE SYMBOLISE LA PERTE D'INNOCENCE.
LES MONSTRES SONT TRÈS CLAIREMENT DES REPRÉSENTATIONS DES VÉRITABLES AGRESSEURS. JE VEUX QU'ON IDENTIFIE CES TYPES. JE VEUX QU'ILS PAYENT.
JE VEUX QU'ELLE AIT LE DERNIER MOT.
BON SANG, EST-CE QUE JE PARLE D'ELLE, OU DE MOI ?
JE N'ÉTAIS PAS LE SEUL À M'INQUIÉTER.
ON NE PEUT ÊTRE SÛRS DE RIEN. DANS LA CULTURE ASIATIQUE, PAR EXEMPLE, LE BLANC EST LA COULEUR DE LA MORT, PAS DE LA PURETÉ. LA VILLE NATALE DE LYNN DÉNOMBRE UNE GRANDE COMMUNAUTÉ ASIATIQUE.
CELA DIT... EST-CE QUE TU CROIS AUX DÉMONS ? LE POUVOIR DES MORTS SUR LES VIVANTS ?
AU SENS LITTÉRAL ? NON, BIEN SÛR.
ON A ASSEZ DE MONSTRES DANS LE MONDE POUR NE PAS AVOIR À EN CRÉER DE MAUVAIS.
TROY, JE VEUX QUE TU ESSAYES DE RESTER SUFFI-SAMMENT OUVERT À SON POINT DE VUE...

"... OU BIEN TU NE L'ATTEINDRAS JAMAIS."
ZYPRESKA AVEC UN PETIT RISPERDAL POUR TE REMONTER. PAS MAL, HEIN ?
TU N'AS PAS LA MOINDRE D'IDÉE DE CE QUI SE PASSE, D'OÙ NOUS SOMMES.
...SÉCURITÉ ?
A FOND.
C'EST MAL... C'EST MAL, JE SAIS, MAIS JE SUIS EXCITÉ. J'EN BANDE PRESQUE. C'EST COMME SI C'ÉTAIT MOI CONTRE LE DÉMON DANS SA TÊTE, ET JE VAIS LUI BOTTER SES FESSES...
C'EST QUOI CETTE MERDE ?
BUMP!
QUE FOUT UN BRANCARD ICI ?
SPLISHHH
BON DIEU.

TU VAS RIRE…
CHÉRI, J'AI UN TRUC QUI ME DÉMANGE, LÀ, SUR MON COU.
s e x y
JE NE SAIS PAS POURQUOI, JE N'ARRIVE PAS À ME GRATTER.

C'EST QUOI TON PROBLÈME, TROY ? TU AIMAIS BIEN QUAND JE METTAIS CETTE VIEILLERIE. TU TE SOUVIENS DE NOTRE LUNE DE MIEL ?
JULIANNA ?
C'EST JULIANNA, MA FEMME.
IMPOSSIBLE.
ELLE EST MORTE. ELLE S'EST TUÉE.
APRÈS QUE J'AI DÉCOUVERT CE QU'ELLE AVAIT FAIT.
ALLEZ DOUDOU, J'AI TELLEMENT DE CHOSES À TE MONTRER.
ATTENDS ICI !
GAAA...
J'ESSAYE DE DISSOCIER. DE NE PAS RESSENTIR. APPLIQUER LA RAISON.
J'ESPÈRE QUE TU SERAS À LA HAUTEUR, DOCTEUR. ON A DU PAIN SUR LA PLANCHE AUJOURD'HUI.

JULIANNA ?
GRRRRRRRR
ARGGHH !

WHHH-UMMMP
ENCULÉS !
DIEU DU CIEL. Q-QUELQU'UN... LES A DÉPECÉS.

*-DIEU EST BON TU ES MECHANTE

MEEERDE !
QUELQUE CHOSE EST RESPONSABLE DE TOUT ÇA. JE N'ARRIVE PLUS À PENSER.
LE BROUILLARD. PAS NATUREL. IL A DÛ Y AVOIR UN ACCIDENT CHIMIQUE. UNE DROGUE PSYCHOTROPIQUE CAUSANT TOUTES CES HALLUCINATIONS.
FAUT SE BARRER D'ICI !
ENCULÉ, FILS DE PUTE, ESPÈCE DE SALE BÂTARD !

LES QUATRE PNEUS EN LAMBEAUX. MERDE.
PAS DE SIGNAL.
OH, SEIGNEUR...
POURQUOI VOUS M'AVEZ FAIT ÇA ?
IL FAISAIT NUIT AVANT. FERMÉ À CLÉ. À PRÉSENT...
ENTRE LÀ-DEDANS ! VITE !

LES GENS FONT UNE DRÔLE DE TÊTE QUAND ILS MEURENT, VOUS NE TROUVEZ PAS ?
ELLE EST RÉELLE.
PUTAIN DE RÉELLE.
ÇA NE VA PAS ÊTRE POSSIBLE.
ON A BESOIN D'ARMES. UN MOYEN POUR APPELER DE L'AIDE. CES CHOSES SONT TOUJOURS DEHORS.
JE NE PENSAIS PAS TROUVER QUELQU'UN ICI.
IL Y A TOUJOURS QUELQU'UN ICI. TU N'ES JAMAIS SEUL. JAMAIS.

J'AI ÉTÉ MORDU, GRIFFÉ. BESOIN D'ANTI-BIOTIQUES. ÇA POURRAIT S'INFECTER.
ET CES CHOSES SONT DEHORS...
MAIS ELLE NE PEUT PAS ÊTRE RÉELLE. IMPOSSIBLE. JE NE LA LAISSERAI PAS.
TU T'APPELLES COMMENT ?
CHRISTABELLE.
TU ES BLESSÉE.
LES MOUCHES SONT PÉNIBLES.
C'EST PIRE LA NUIT. LA MOITIÉ DU TEMPS, J'EN VIENS À OUBLIER OÙ JE SUIS ET JE M'ENDORS. ET PUIS JE ME RÉVEILLE ET LES CHIENS SE DISPUTENT LES TRUCS QUI SORTENT DE MON VENTRE.
ILS... ILS S'EN VONT. ÇA VA BIEN SE PASSER. ILS S'EN VONT.
JE VOUS AI DÉJÀ VU AVANT.
TU N'AS PAS AMENÉ LE BON !
MAINTENANT, JE VAIS DEVOIR TE PUNIR !

JE NE VOULAIS PAS...
JE NE VOULAIS PAS REVENIR ICI !
OUAIS, OUAIS... COMME SI J'EN AVAIS QUELQUE CHOSE À FOUTRE.
NON, NON, NON... PAS VRAI... IMPOSSIBLE.
JE SUIS...
... ENCERCLÉ...
... PAR DES MONSTRES.
IL EST LÀ.
ON VA TOUS MOURIR.

# CHAPITRE 2

CHAPITRE 2

Illustration
de couverture #2
de Ashley Wood

JE ME CASSE D'ICI.

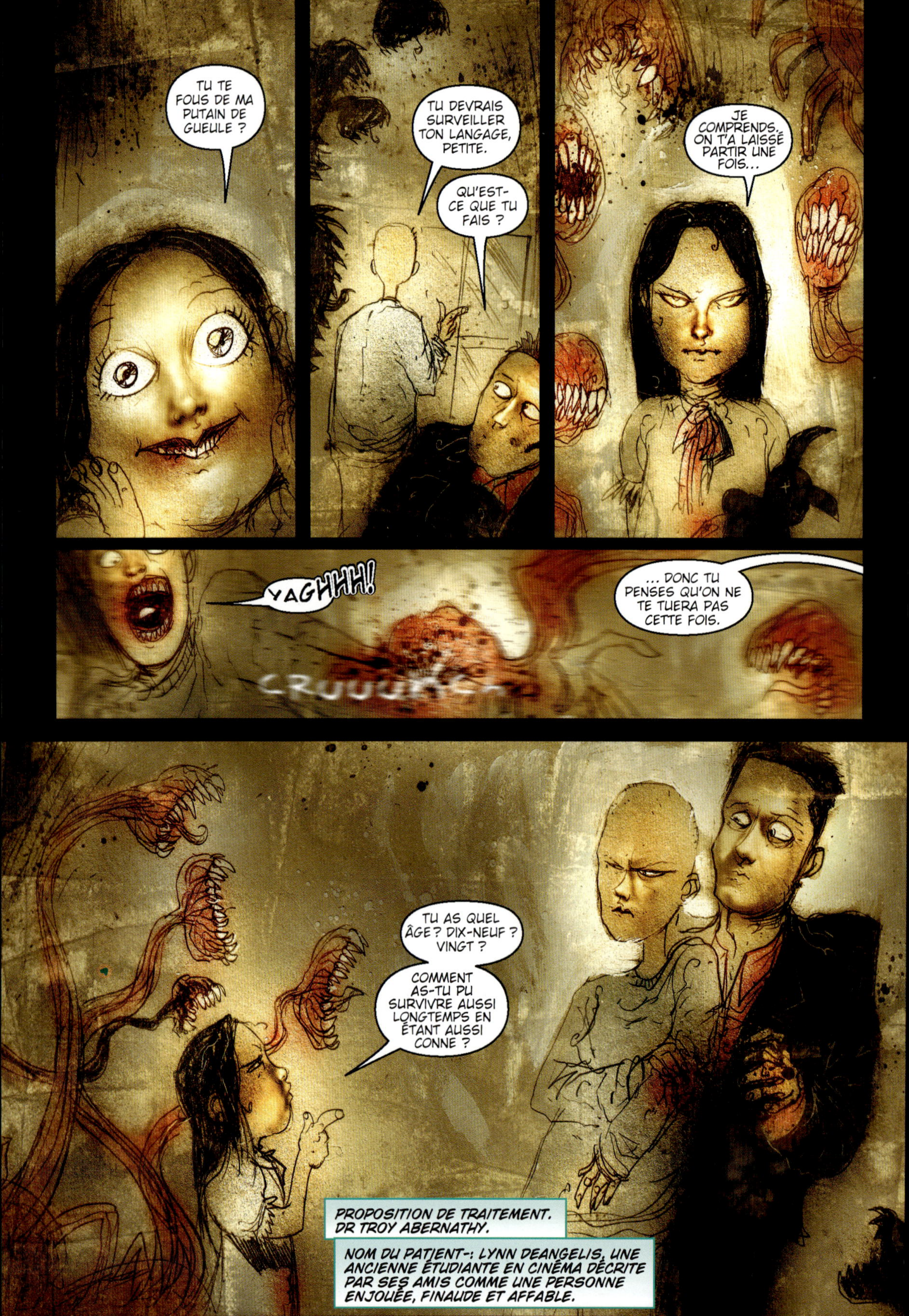
TU TE FOUS DE MA PUTAIN DE GUEULE ?
TU DEVRAIS SURVEILLER TON LANGAGE, PETITE.
QU'EST-CE QUE TU FAIS ?
JE COMPRENDS. ON T'A LAISSÉ PARTIR UNE FOIS...
YAGHHH!
... DONC TU PENSES QU'ON NE TE TUERA PAS CETTE FOIS.
CRUUUKCH
TU AS QUEL ÂGE ? DIX-NEUF ? VINGT ?
COMMENT AS-TU PU SURVIVRE AUSSI LONGTEMPS EN ÉTANT AUSSI CONNE ?
PROPOSITION DE TRAITEMENT. DR TROY ABERNATHY.
NOM DU PATIENT : LYNN DEANGELIS, UNE ANCIENNE ÉTUDIANTE EN CINÉMA DÉCRITE PAR SES AMIS COMME UNE PERSONNE ENJOUÉE, FINAUDE ET AFFABLE.

AGGHHH
ON T'A LAISSÉE FILMER CET ENDROIT. ON T'A LAISSÉE PARTIR POUR QUE TU EN RAMÈNES D'AUTRES ICI.
ET CETTE MERDE, C'EST TOUT CE QUE TU NOUS AS TROUVÉE ?
LYNN A ÉTÉ ADMISE POUR DE LONGS SOINS PSYCHIATRIQUES APRÈS UNE TENTATIVE DE SUICIDE. ON LUI A DIAGNOSTIQUÉ UN DÉSORDRE DÉPRESSIF POST-TRAUMATIQUE. SCHIZOPHRÉNIE PARANOÏAQUE.
QU'EST-CE QUI EST ARRIVÉ À TON FILM, LYNN ? ON DEVRAIT LE VOIR PARTOUT SUR INTERNET À L'HEURE QU'IL EST.
J'AVAIS DES PLANS TRÈS PRÉCIS POUR LUI.
...
JE NE SAIS PAS.
VOLÉ. EMPORTÉ. A L'HÔPITAL. QUELQU'UN A DÛ...
TOUT ÇA N'EN VAUT DÉCIDEMMENT PAS LA PEINE.
TUEZ-LÀ.
LA DÉTÉRIORATION MENTALE DU PATIENT ET LES ILLUSIONS SUBSÉQUENTES DÉCOULENT D'UN TRAUMATISME SUBI DANS LA VILLE DÉSERTE DE SILENT HILL.
LES DÉTAILS DES ÉVÊNEMENTS, QUI ONT PRIS PLACE PLUSIEURS MOIS AVANT LES VEINES COUPÉES, NE NOUS SONT PAS CONNUS.
PAS SI VITE.

[ BOOM BOOM
BOOM ]
LE PATIENT N'A RÉAGI À AUCUNE MÉTHODE CONNUE DE TRAITEMENT, Y COMPRIS À LA THÉRAPIE PAR LA DROGUE.
SPLK
YAHHH

BOOM BOOM BOOM ]
MERDE.
VOUS... VOUS ÉTIEZ DANS MON RÊVE...
[ BOOM BOOM BOOM ]
B-BRETT ?
ÇA NE PEUT PAS ÊTRE TOI...
LE PATIENT FANTASME SUR UN CHEVALIER SERVANT DANS SON ARMURE ÉTINCELANTE. ELLE ME VOIT DANS LE RÔLE. ELLE APPREND À SE SAUVER ELLE-MÊME.

TIENS, ET NE DIS PAS QUE JE NE T'AI JAMAIS RIEN DONNÉ.
C'EST PAS VRAI. NON. B-BRETT ?
ENFOIRÉ !
RENDS-MOI ÇA !
RECOMMANDATIONS : LE DOCTEUR ASSUME LA GARDE TEMPORAIRE DU PATIENT. CONDUIT LE PATIENT À SILENT HILL...
... PERMETTANT AINSI LE PATIENT DE REVIVRE L'INCIDENT TRAUMATIQUE ET DE SE CONFRONTER AU FAIT QUE LES DÉMONS, LES MONSTRES ET LES ESPRITS QUI LA HANTENT NE SONT PAS RÉELS.

SPOOOOOTCH
OH. PARFAIT. MAINTENANT MES CHEVEUX SONT EN FEU. MERCI MILLE FOIS.
IL EST À ESPÉRER QU'AVEC LA DÉCONSTRUCTION DE SES MÉCANISMES DE DÉFENSE, LE PATIENT DIRA LA VÉRITÉ SUR LEDIT ÉVÉNEMENT TRAUMATIQUE, AUTORISANT LA MISE EN PLACE D'UNE THÉRAPIE ADAPTÉE.
DEBOUT, ALLEZ !
PUTAIN, TU VAS TE LEVER ?
BRETT ? POURQUOI-?
JE NE TE SUIS PAS, VIEUX. ON EST DES AMIS. C'EST À ÇA QUE ÇA SERT, LES AMIS. ILS S'AIDENT.

T'EN FAIS PAS, VIEUX. JE TE LAISSE PAS TOMBER...
INER
WHY ARE YOU HIDING ALESSA?
Blam Blam
Blam
Blam
HUH. AUCUN D'EUX NE NOUS SUIT DEHORS.
PEUT-ÊTRE QU'ILS S'OCCUPENT DE LA PETITE. TU T'ES BIEN DÉBROUILLÉE AVEC LE GUN, ET C'EST UN EXPERT QUI PARLE.
NON. OH, NON.
BRETT ?
JE NE COMPRENDS PAS POURQUOI TU N'ES PAS CONTENT DE ME VOIR, TROY. JE T'AI DIS QUE JE TE LAISSERAI PAS TOMBER...
TOUT COMME TOI TU L'AS FAIT.
OH, NON, OH NON...

MERDE, OÙ SONT MES MANIÈRES. JE M'APPELLE BRETT. TROY ET MOI, ÇA REMONTE À LOIN.
LAISSE-LA TRANQUILLE ! NE T'APPROCHE PAS D'ELLE !
HOOO !
MUNITIONS ! PRENEZ LES BALLES !
POURQUOI T'AS FAIS ÇA ?
AW, N'EN FAIS PAS TROP...

...ON N'EN A PAS ENCORE FINI.
ONLY ONE* BIRTH IS SACRED USE PROTECTION
D-DOCTEUR...
* UNE SEULE NAISSANCE EST SACRÉE PROTÉGEZ-VOUS
APPELLE-MOI TROY.
TROY.
QUI C'ÉTAIT ?
CHHUT...
COME OUT AND PLAY. THE GOD S WAITING*
ON DOIT SE SORTIR D'ICI... UNE VOITURE, UN CAMION, UN VÉLO, N'IMPORTE QUOI...
PUTAIN, RÉPONDEZ-MOI ! C'ÉTAIT QUI ?
LE PREMIER MARI DE MA FEMME. IL... IL LUI A FAIT DES CHOSES.
IL ÉTAIT MORT. S'IL ÉTAIT L'UN D'EUX, POURQUOI NOUS A-T-IL AIDÉ ?
JE NE PENSE PAS QU'IL SACHE.
SACHE QUOI ?
BEAUCOUP DE CHOSES. COMME ÊTRE MORT. JE PENSE QUE ÇA LUI A ÉCHAPPÉ ET QUE...

EXPRESSO
MERDE.
PAR LÀ !
PAR LÀ !
EXPRESSO

POURQUOI EST-CE QUE VOUS M'AVEZ RAMENÉE ICI ? JE VOUS AVAIS AVERTI AU SUJET DE SILENT HILL. JE VOUS L'AVAIS DIT.
ESPÈCE DE SALE FILS DE PUTE, POURQUOI ?
... POUR T'AIDER...
IL VEUT T'AIDER... C'EST SI MIGNON... EST-CE QU'IL NE RENDRAIT PAS FIÈRES TOUTES LES FEMMES ?
JULIANNA...
TU SAIS, CHOISIR QUELQUE CHOSE À SE METTRE, C'EST TOUJOURS AUSSI DÉLICAT, MÊME QUAND ON EST MORT.
MAIS ASSEZ PARLÉ DE MOI... PAUVRE TROY, À TOUJOURS VOULOIR AIDER... COUPABLE DE VIVRE LA BELLE VIE APRÈS QUE SA PETITE FEMME SOIT MORTE, POURRISSANTE EN SOUS-SOL.

M. LE GOUROU DE L'AUTONOMIE... PRENDS EN CHARGE TA VIE, HEIN ?
TOUTES LES DROGUES ET L'ARGENT ET LES FEMMES, TOUS CES GENS QUI TE TRAITENT COMME UN DIEU, CE N'EST PAS ASSEZ ?
OH, SEIGNEUR... NON...
QU'EST-CE QUE TU VEUX, TROY ?
TU VEUX QUE JE TE DISE QUE ÇA VA ? QUE TOUT VA BIEN ?
Sshrriip
ÇA VA.
TOUT VA BIEN.
Fsssripp
Fsssripp
OH, MON TRÉSOR, JE T'AIMAIS TELLEMENT QUE J'AURAIS PU EN MOURIR.
NON, ATTENDS. JE L'AI DÉJÀ FAIS.
À TON TOUR.
Ffokk

SEIGNEUR, CHÉRI. POURQUOI TU L'AS FAIS ? POURQUOI TU T'ES TUÉE ?
IL Y A UNE AUTRE SORTIE. LA PORTE DE DERRIÈRE.
HEY, C'EST QUOI CETTE HISTOIRE AVEC BRETT ? EST-CE QUE LA CHOSE AVEC SON VISAGE T'A FAIS DES MISÈRES, BABY ?
JE SAIS TRÈS BIEN QUE TU N'ES PAS UN CHIRURGIEN OU JE NE SAIS PAS QUOI, MAIS C'EST UN DE TES MEILLEURS OUVRAGES.
UN PEU COUARD, PEUT-ÊTRE. COMMENT TU L'AS ATTENDU DANS LES BOSQUETS, COMMENT TU LUI AS ÉCLATÉ LA TÊTE PAR DERRIÈRE, MAIS LE RÉSULTAT FINAL ÉTAIT VRAIMENT PARFAIT.
bitch
ALLEZ, TIRONS-NOUS DE CE PUTAIN D'ENDROIT.

* LA MAIN DE DIEU EST SUR TOI

MERDE.
Blam
Blam
Blam
Blam
CET... ENDROIT. IL SE NOURRIT DE CE QU'IL Y A EN NOUS.
DE CE QU'IL Y A L'INTÉRIEUR.
UN PONT ! UNE SORTIE !

NON...
JE DOIS BIEN VOUS RENDRE HOMMAGE, DOC. CELUI-LÀ M'A PRISE PAR SURPRISE ET M'A DISTRAITE PENDANT QUELQUES TEMPS. D'ORDINAIRE, JE MAÎTRISE BIEN MIEUX LES APPARITIONS.
MAIS ÇA VA MAINTENANT, FLUIDE ET DOUX, COMME JE L'AIME.
Schhhcklllrrrrct

TROY... SALE ENFOIRÉ.
JE VAIS TE BOUFFER VIVANT TOUT DOUCEMENT.
ET VOILÀ ! ÇA NE POURRAIT PAS ÊTRE PLUS DOUX.
TROY, FAITES QUELQUE CHOSE !
Click
ATTENDEZ... POURQUOI...
click
ALLEZ QUOI, VOUS N'ÊTES QUAND MÊME PAS SI CONS.
VOUS NE VOUS SOUVENEZ PAS QUI VOUS A DONNÉ CES FLINGUES ?
TROY, ÉCOUTEZ-MOI ! BRETT ET JULIANNA, ILS ÉTAIENT EN VOUS.
JE...
VOUS AVEZ UN POUVOIR ICI, POUR L'AMOUR DE DIEU, UTILISEZ-LE !

TU AS LA BOUCHE PLEINE DE CACA, JE PENSE QU'IL EST TEMPS DE LA FERMER.
BRETT... BOURRE-LÀ AVEC QUELQUE CHOSE.
OOOH, FOUET DE LA LANGUE ! LE MINIMUM POUR VOUS, DOC.
GUHHHH-NOON !
ATTENDEZ!
PRENEZ-MOI.
JUSTE-MENT, À CE PROPOS...
ON T'A DÉJÀ, PÉDÉ.
VOUS POUVEZ ME TUER, MAIS VOUS NE POUVEZ PAS M'AVOIR. PAS LE CORPS ET L'ÂME.

TROY, NON...
ALLEZ, PETITE PUTE, J'AI DU SANG SUR LES MAINS ET LES CAUCHEMARS DE MILLIERS DE PERSONNES QUE J'AI TRAITÉ DANS MA TÊTE.
JE SAIS QUE TU AIMERAIS BIEN METTRE LA MAIN DESSUS.
GUGHHH!
Ke-Splooch
OK DOC.
QU'EST-CE T'ATTENDS, PÉTASSE ? UN DEAL, C'EST UN DEAL...
MAIS TROY... ET LE PONT... CE N'EST PAS FINI. ILS SONT TOUJOURS...
LE DOC A FAIT SON CHOIX. CONTINUE À MARCHER...

... TU ARRIVERAS OÙ TU VEUX ALLER.
ON PEUT VOUS EMMENER ? OÙ ALLEZ-VOUS ?
AUSSI LOIN D'ICI QUE POSSIBLE.
EN SELLE !

HEY, DOC. J'AI DES FRISSONS DANS TOUTES SORTES D'ENDROITS INTIMES. TU SAIS POURQUOI ?
MOI JE SAIS.
GUHHH...
QUELQU'UN REGARDE.
SOURIS À LA CAMÉRA, CONNARD.

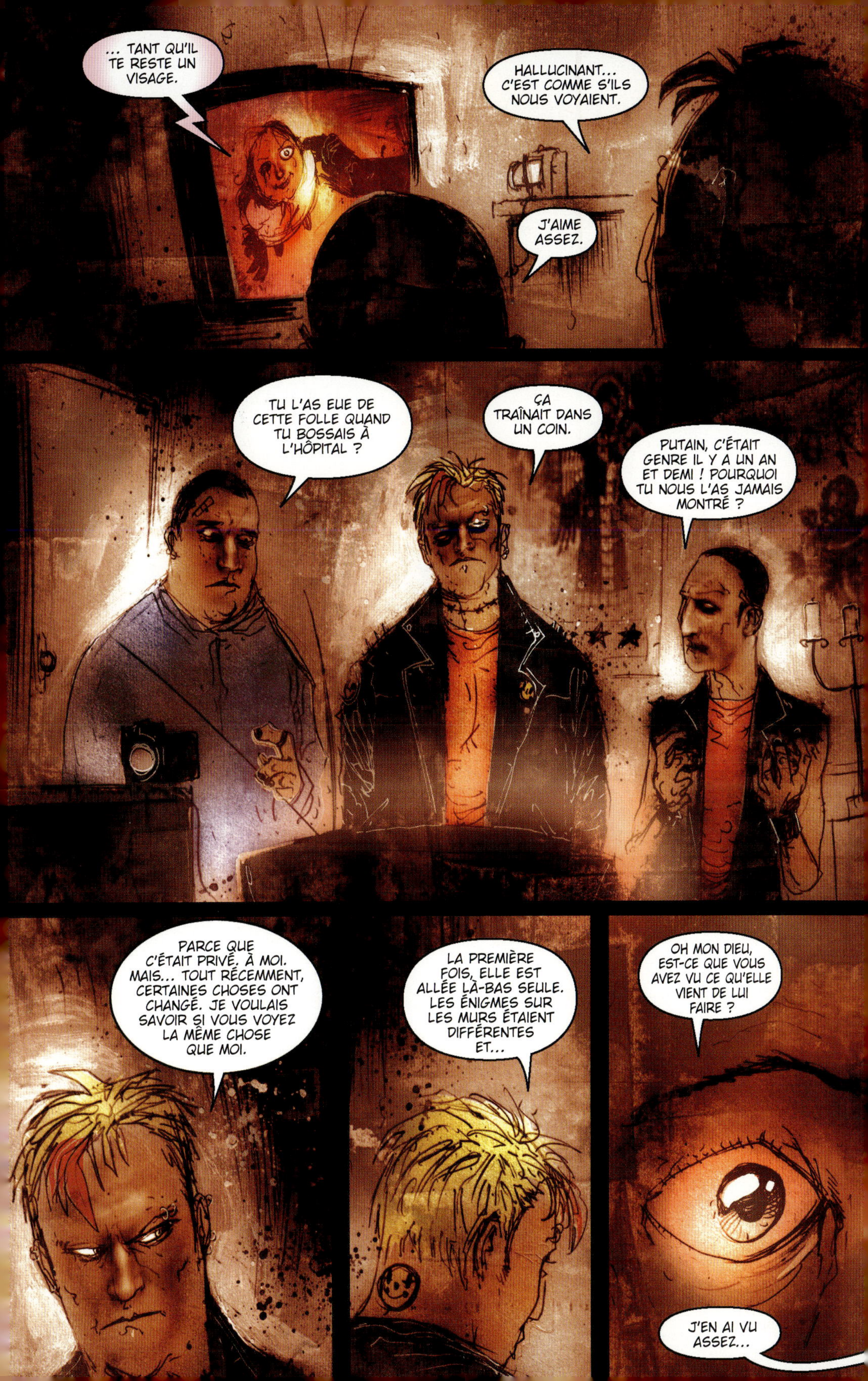
... TANT QU'IL TE RESTE UN VISAGE.
HALLUCINANT... C'EST COMME S'ILS NOUS VOYAIENT.
J'AIME ASSEZ.
TU L'AS EUE DE CETTE FOLLE QUAND TU BOSSAIS À L'HÔPITAL ?
ÇA TRAÎNAIT DANS UN COIN.
PUTAIN, C'ÉTAIT GENRE IL Y A UN AN ET DEMI ! POURQUOI TU NOUS L'AS JAMAIS MONTRÉ ?
PARCE QUE C'ÉTAIT PRIVÉ. À MOI. MAIS... TOUT RÉCEMMENT, CERTAINES CHOSES ONT CHANGÉ. JE VOULAIS SAVOIR SI VOUS VOYEZ LA MÊME CHOSE QUE MOI.
LA PREMIÈRE FOIS, ELLE EST ALLÉE LÀ-BAS SEULE. LES ÉNIGMES SUR LES MURS ÉTAIENT DIFFÉRENTES ET...
OH MON DIEU, EST-CE QUE VOUS AVEZ VU CE QU'ELLE VIENT DE LUI FAIRE ?
J'EN AI VU ASSEZ...

CURE
...JE VOUS LE DIS : FAITES VOS BAGAGES, LES ENFANTS.
ON PART POUR SILENT HILL.

# CHAPITRE 3

CHAPITRE 3

Illustration de
couverture #3
de Ashley Wood

05:54 PM
IL... IL Y A DES CORPS.
DES CADAVRES PARTOUT.
REC
05:58 PM
72 Princes
1234321 X6
Pythagorean
DES FEUX. DES BÂTIMENTS EN RUINES.
ET CES CHOSES...
06:03 PM

Gadarenes
Mark 5:2
5:5 LEGION

"JE NE SAIS PAS CE QU'ELLES SONT.
AIDEZ-MOI, JE VOUS EN CONJURE.
DIEU, JE T'EN SUPPLIE, JE NE PEUX PAS MOURIR COMME ÇA. PAS ICI.
PAS COMME ÇA.
JE T'EN SUPPLIE.

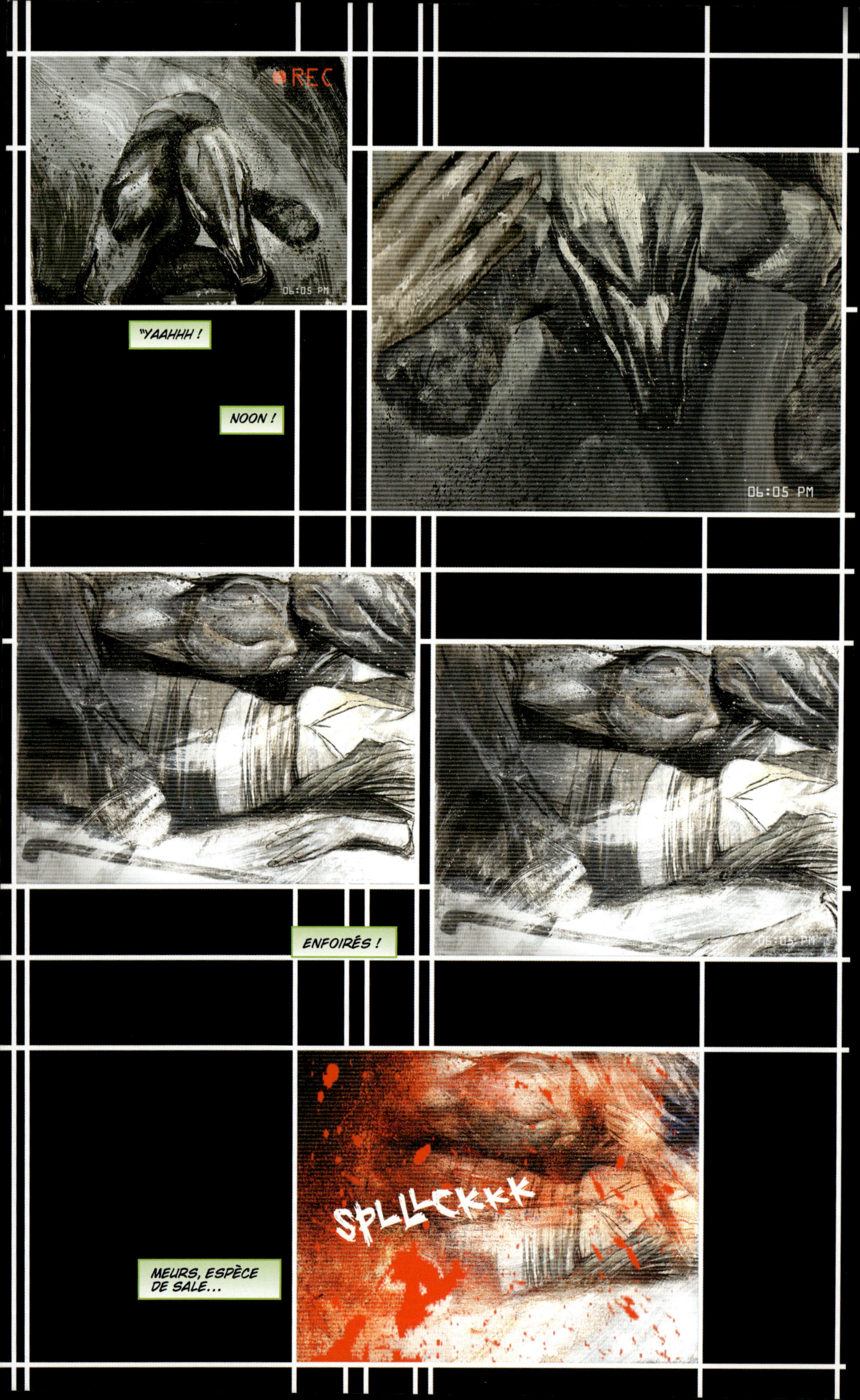

REC
06:05 PM
"YAAHHH !
NOON !
06:05 PM
ENFOIRÉS !
06:05 PM
SPLLLCKKK
MEURS, ESPÈCE DE SALE...

WHHHMMM WHHHMMM
IL FAUT QUITTER CET ENDROIT. MAIN-TENANT.
HABORYM
SHAX MOLOCH
BELIAL, DANTALIAN
RAUM
LA SEULE CHOSE QU'ELLE N'AIT PAS PIQUÉE À BLAIR WITCH, C'EST METTRE LA CAMÉRA SOUS SON NEZ ET DIRE-: "J'AI TELLEMENT PEUR."

MAIS BON, ÇA RESTE DE LA BONNE CAME.
LES INSCRIPTIONS, C'EST LE PLUS IMPORTANT.
BIENVENUE EN ENFER LES AMIS. PAYONS-NOUS DU BON TEMPS.
ET FAISONS DES MONTAGNES DE FRIC.
MON PÈRE DISAIT QUE TU NE SAIS JAMAIS CE QUE TU CHERCHES AVANT DE L'AVOIR TROUVÉ.

CET ENDROIT EST PLUS FLIPPANT QUE LA CHAMBRE DE MES PARENTS.
IL Y A SEULEMENT DEUX ANS, J'ÉTAIS POM-POM GIRL. BLONDE. POPULAIRE.
HUM... LAURYN ? TU PEUX ME RÉ-EXPLIQUER ? COMMENT ON VA DEVENIR RICHE EXACTEMENT ?
L'ANNÉE DERNIÈRE, J'ÉTAIS AU CLUB DE MATHS, J'ORGANISAIS LES DÉBATS.
AUJOURD'HUI...
ESSAYE DE VOIR TOUT ÇA COMME UN JEU, HOGG. COMME LA CHASSE AUX ŒUFS DE PÂQUES.
OUAIS, AVEC DES MONSTRES.
CETTE MERDE N'ÉTAIT PAS RÉELLE. ARRÊTE DE ME CASSER LES COUILLES AVEC ÇA.
L'ANNÉE PROCHAINE, JE PENSE ALLER À L'UNIVERSITÉ EN FRANCE, DEVENIR MANNEQUIN.
JUSTE POUR LES THUNES.
OK, ALORS POUR LA DERNIÈRE FOIS, CETTE FILLE LYNN VIENT ICI AVEC QUELQUES AMIS POUR TOURNER UN FILM DE MONSTRES. DES COSTUMES EN LATEX ET DU FAUX SANG, TOUTE CETTE MERDE, OK ?
ET PUIS ÇA SE PASSE MAL.

ELLE FINIT DANS UN HOSTO. LES DOCTEURS PENSENT QU'ELLE A ÉTÉ VIOLÉE DANS UNE TOURNANTE. QU'ELLE A VU UN MEURTRE ICI. JE CROIS QUE SES POTES SE SONT RETOURNÉS CONTRE ELLE.
HONNÊTEMENT, CE QUI LUI EST ARRIVÉ, JE M'EN TAPE.
CLOWN A OBTENU ÇA PENDANT SON TAF À L'HÔPITAL. CETTE PETITE CONNE A RAMENÉ AVEC ELLE QUELQUE CHOSE QU'ELLE NE SAVAIT MÊME PAS POSSÉDER.
QUELQU'UN EST VENU ICI.
QUELQU'UN A ÉCRIT À L'INTÉRIEUR ET À L'EXTÉRIEUR DE CES BÂTIMENTS.
CA N'A AUCUN SENS, RIEN N'A DE SENS.
À MOINS D'AVOIR ÇA.

C'EST JUSTE UNE RÉÉDITION QUE J'AI TROUVÉE SUR EBAY. IL N'Y A PLUS QUE TROIS ORIGINAUX SUR TERRE.
ÇA REMONTE À DES MILLIERS D'ANNÉES.
CERTAINES CHOSES QUE VOUS NE SAVEZ PAS DE MOI-: JE PORTE UN PYJAMA HELLO KITTY TOUS LES SOIRS POUR M'ENDORMIR.
J'AIME LA COUNTRY, LES CHANTEURS DE LA GRANDE ÉPOQUE CLASSIQUE DE NASHVILLE... CE SONT MES GRANDS ANCIENS À MOI.
DES INVOCATIONS. DES SORTS. APPELER DES DÉMONS. CONTACTER DES DIEUX.
SI ÇA NE TENAIT QU'À MOI, MA SŒUR JUMELLE SERAIT ENCORE EN VIE.
RELEVER LES MORTS.
CE SONT DES ÉNIGMES, COMME CE SYMBOLE SUR LA GOUTTIÈRE. ÇA SIGNIFIE COCYTE. LE NEUVIÈME CERCLE DE L'ENFER. OÙ CES SIX DÉMONS DONT ON PEUT LIRE LE NOM DANS LA VIDÉO ONT SÉJOURNÉ POUR AVOIR ORGANISÉ UN COUP D'ÉTAT.
CES NOMS SONT SEULEMENT ÉVOQUÉS DANS LE LIVRE. PERSONNE N'A DE RÉPONSE... SAUF LA PERSONNE QUI A TAGGÉ TOUTE LA VILLE.
ET NOUS.
CES TYPES. DES MILLIARDAIRES. ILS PENSENT QUE CETTE MERDE EST RÉELLE. ILS PAIERAIENT N'IMPORTE QUOI POUR VOIR CE QU'ON VOIT. ALORS ON Y VA, ON IMMORTALISE TOUT SUR PELLICULE. ON LEUR REVEND.
ET PUIS, BON... ON VA ESSAYER QUELQUES SORTS AVANT DE PARTIR. JUSTE POUR LE FUN ET LA...
MERDE !

AW... ENFIN QUELQU'UN QUI A LES PIEDS SUR TERRE.
OUAIS, OUAIS.
CLOWN...
HOGG, ÇA SUFFIT.
JE COMMENÇAIS JUSTE À M'ÉCHAUFFER...
QUELLE CONNERIE ! PUTAIN DE CHASSE AUX ŒUFS DE PÂQUES. SEIGNEUR, ON EST QUOI, DIX CONNARDS ?
QUI VEUT ME RAMENER ?

VOUS ALLEZ VRAIMENT LE FAIRE ? OK. JE RENTRE À PIED.
CLOWN. RAYMOND J. FOCH. MON MEC. ANTI-MILITARISTE. QI HAUTEMENT SUPÉRIEUR. IL A EU UN ORGASME RIEN QU'EN REGARDANT "ÇA" DE STEPHEN KING. IL PENSE QUE LE MONDE DEVRAIT ÊTRE DIRIGÉ PAR DE MÉCHANTS CLOWNS (JE LUI RÉPÈTE QUE C'EST DÉJÀ LE CAS).
APRÈS NOS EXAMENS, IL VEUT QU'ON OUVRE UN PETIT BED & BREAKFAST, AVEC UN PETIT RESTAURANT DONT IL POURRAIT ÊTRE LE CHEF.
LAURYN, HEU... TU N'AS PAS PARLÉ DE LA FILLE.
TU N'AS PAS PARLÉ DE CE QU'ON A VU DANS LA VIDÉO.
JE T'AIME, CLOWN.
COMMENT LES CHOSES CHANGEAIENT, COMMENT...
JE T'AIME, FAIS MOI CONFIANCE, OK ?
ON DOIT ÊTRE ICI. QUELQU'UN DOIT LE FAIRE. TOUT LE RESTE, CETTE FILLE, LE FILM QUI CHANGE...
... RIEN DE TOUT ÇA N'A D'IMPORTANCE.
OUAIS, COMME SI J'AVAIS BESOIN DE VOUS, BANDE DE TROUS DU CUL. VOUS ME PRENEZ POUR UN DÉBILE. ENCULÉS.
BEEF JERKY

Glasyalabolas Said the bastard had it Coming
QUELQU'UN A MIS CES MERDES SUR LES MURS, MAIS QUI ? POURQUOI IL NE VEND PAS LES RÉPONSES ?
COMMENT SAVOIR QUELLES SONT LES BONNES RÉPONSES ? ON POURRAIT INVENTER N'IMPORTE QUOI.
BEEF JERKY
JE-
* GLASYLABOLAS A DIT QUE C'ETAIT LA FAUTE AUX BATARDS
PUTAIN, C'ÉTAIT QUOI ÇA ?
-> GUFFF <-
POURQUOI T'AS FAIT ÇA ?
OWWW, MA LÈVRE... JE CROIS QUE-
CETTE CHOSE DANS TA BOUCHE. ON T'A DIT DE NE PAS COURIR AVEC DES OBJETS TRANCHANTS. PERSONNE NE T'A JAMAIS RIEN APPRIS ?

ECOUTE, C'EST DANGEREUX PAR ICI, ON DOIT...
RRRR WOOSHH
HEY !
SPLLLOP
JE CROIS POURTANT AVOIR ÉTÉ CLAIRE.
ON NE MANGE PAS AVANT LA NUIT.
MAIS VOUS AVEZ RAISON, ON NE PEUT PAS SE PERMETTRE D'EN LAISSER REPARTIR UN. JE SUPPOSE QUE MAINTENANT, ON VA DEVOIR TOUT NETTOYER.
APRÈS, ON POURRA FAIRE DES JEUX D'ADULTES.
BON, LAURYN. J'AI BIEN ÉTUDIÉ VOTRE DOSSIER.
BORDEL, C'EST QUOI CE...

JE SAIS. C'EST SÛREMENT DÉSORIENTANT, JE SUIS DÉSOLÉ POUR TOUT ÇA, MAIS NOUS N'AVONS PAS BEAUCOUP DE TEMPS, ET NOUS DEVONS IMPÉRATIVEMENT DISCUTER.
LAURYN JANE LAROACHE
LAURYN. JANE LAROACHE. VOUS VOUS TENEZ RESPONSABLES DU MEURTRE DE VOTRE SŒUR, ET IL Y A TOUTES SORTES D'AUTRES PROBLÈME... HMMM...
CE... CE N'EST PAS EN TRAIN D'ARRIVER...
VOUS N'AURIEZ JAMAIS DÛ VENIR À SILENT HILL.
NON !
LAURYN, SELON MON ANALYSE, VOUS PENSEZ QUE CETTE VIE, CETTE RÉALITÉ, C'EST TOUT CE QU'IL Y A.
J'AVAIS L'HABITUDE DE PENSER COMME ÇA. J'ÉTAIS SCEPTIQUE. CROYEZ-MOI, JE COMPRENDS. MAIS NOUS NE PARLONS PAS ICI DE CROYANCES, MAIS DE FAITS EMPIRIQUES.
REGARDEZ, LAISSEZ-MOI VOUS MONTRER CE QUE JE SUIS RÉELLEMENT.

Ð... CE QUE VOUS POURRIEZ DEVENIR.
HOE
HEY ! JE SUIS, JE SUIS REVENUE, JE-
MMMPPHHHHHH

PAYNE. OLIVER FOCH. LE PETIT FRÈRE. IL ENREGISTRE DE VIEUX FILMS DE DORIS DAY ET RADOTE COMME UNE VIEILLE PEAU ET LES REGARDE À QUATRE HEURES DU MATIN, QUAND IL PENSE QUE PERSONNE NE LE VOIT. C'EST CE QUE CLOWN M'A DIT.
HEY, QU'EST-CE QUI SE PASSE ? CA VA ?
COMMENT... COMMENT ON APPELLE QUELQU'UN QUI VOIT DES CHOSES QUI NE SONT PAS LÀ ?
SÉRIEUSEMENT CHTARBÉ.
MERCI.
JE ME SOUVIENS À PEINE DE NOTRE ARRIVÉE. CLOWN QUI TIENT MA MAIN PENDANT LE VOYAGE. UN DRÔLE DE MANÈGE DEHORS...
PUTAIN, QU'EST-CE QUI SE PASSE ?
ATTENDS UN PEU, ÉCOUTE... QUAND EST-CE QUE TU VAS LUI DIRE ?
A CLOWN ? A TON FRÈRE ?
PUTAIN, LAURYN. QUAND ?
SI TU NE LE FAIS PAS, MOI JE LE FERAI.
PAYNE, ARRÊTE LA TRAGÉDIE. TU SAIS BIEN CE QUE JE T'AI DIS...
PERSONNE ICI POUR ENTENDRE. ON A ENVOYÉ TOUT LE MONDE VÉRIFIER D'AUTRES ENDROITS EN VILLE.
COMME ILS DISENT DANS CE VIEUX FILM-: "JE SERAI N'IMPORTE QUI, OU CE QUE TU VEUX... NE ME TRAHIS PAS ET NOTRE VIE PASSERA COMME UN LONG JOUR D'ÉTÉ."
ON N'EST PAS DANS UN PUTAIN DE FILM.
NON. C'EST... FUN. MAIS SI TU NE LE SUPPORTES PAS...
J'AI TROUVÉ QUELQUE CHOSE !

MON CŒUR SOLITAIRE SE BRISE...
MON ÂME EN PEINE A MAL...
NE VOIS-TU PAS CE QUE TU FAIS DE MOI...
TA PROPRIÉTÉ...
UN PEU DE COUNTRY POUR DÉTENDRE L'AMBIANCE.
ÇA C'EST PARLÉ. PUTAIN, TU ME CONNAIS VRAIMENT BIEN.

HEY, MATE ÇA !
UNE VRAIE VIE DE PIRATES POUR MOI...
VRRRR MMMM MMM MM
OUAIS !
MMMMMMMMM
PUTAIN DE BORDEL DE SA RACE
AH, PUTAIN, C'EST TELLEMENT LOURD, COMMENT EST-CE QU'ON PEUT, AH, PUTAIN, JE PEUX PLUS L'ÉTEINDRE !
HOGG.
...
J'ABANDONNE AVEC CE TYPE. AU MOINS IL EST LOYAL. IL NE TRAHIRAIT JAMAIS CLOWN.
MON CŒUR EST SOLITAIRE...

CHEE CHEE CHEE
AIMER...
QUAND JE N'OBTIENS RIEN.
KRAK
SNIK
SNIK
THRMMMP-THRMMMP-BANNNG
DE TOI...
LA MUSIQUE S'ÉTEINT. FINIE.
TOUT LE RESTE SUBSISTE.
MAIS... QU'EST-CE QUE...
TROUVE JUSTE QUELQUE CHOSE QUI COUPE.

VRRMMMMMMMMM
LE LIVRE...
JE CONNAIS CES CHOSES. JE CONNAIS CELLE-CI. JE DOIS JUSTE.
SCREEEEEE
YAHHHHHHOGG
MERDE.

UGH !
LAURYN !
DÉGAGEZ ! PUTAIN, DÉGAGEZ, DÉGAGEZ !
VRRMMMMMMMMM
VRRMMMMMMMMM
AAHHHH !
VRRMMMMMMMM
VRRMMMMMMMMMM

DE L'ESSENCE À BRIQUET, SYMPAS.
LE MERCURE, C'EST TELLEMENT RÉTROGRADE.
FFFF-WHHHHOOSHHHH
VARE
J'ARRIVE, J'ARRIVE, JE M'EN SUIS SORTI, NE VOUS INQUIÉTEZ PAS... MERDE !
ON DOIT TROUVER LAURYN. FOUTRE LE CAMP.

AH MAIS NON, NON.
AUCUN D'ENTRE VOUS NE VA NULLE PART.
ET NE VOUS INQUIÉTEZ PAS...
...TOUS VOS AMIS REÇOIVENT LE MÊME MESSAGE, AU MÊME MOMENT.

QUAND JE RÊVE, JE RÊVE QUE C'EST À MOI QU'ILS LE FONT. PAS À MA SŒUR. ON EST MORTES TOUS LES DEUX CE JOUR LÀ.
J'AVAIS L'HABITUDE DE PENSER-: "C'EST FINI POUR ELLE. MOI, JE CONTINUE DE POURRIR DE L'INTÉRIEUR."
VOUS ÊTES TOUS VENUS ICI DE VOTRE PROPRE CHEF. C'ÉTAIT LA PREMIÈRE CONDITION.
VOUS AVEZ LES QUESTIONS. LE LIVRE N'EST PAS DÉTRUIT, JE PEUX LE SENTIR.
VOUS AVEZ LES RÉPONSES. LES MOTS SONT SUR LES MURS.
LA SEULE VRAIE QUESTION, C'EST DE SAVOIR SI VOUS SEREZ SUFFISAMMENT MALINS POUR EN FAIRE QUELQUE CHOSE.
JE PARIE QUE VOUS LE SEREZ. C'EST LE JEU, UNE PARTIE DU MOINS. LA SEULE QUI COMPTE.
EN VENANT ICI, VOUS AVEZ OUVERT UNE PORTE. JE SUIS ICI POUR M'EN ASSURER. JE...
WHHACK
AAGGH !

JE NE FAIS PLUS CE RÊVE.
CHRISTABELLE.
EH BIEN.
IL ÉTAIT TEMPS.
LAURYN ! GRANDE SŒUR !
QUAND TU REGARDES UN MORT, ET QU'IL TE REGARDE AUSSI, DROIT DANS LES YEUX, ALORS LES RÊVES, LES FANTASMES... QUELLE IMPORTANCE ? TU VIS DÉJÀ UN CAUCHEMAR.
SOIT IL TE TUE, SOIT TU LE TUES.
DOMMAGE, CHRISTABELLE...
JE CHOISIS LA SECONDE OPTION.

# CHAPITRE 4

Illustration
de couverture #4
de Ashley Wood

LE PLUS ÉTRANGE, C'EST L'ODEUR.
SANCTUMAI EXODUS UTBURD VERDOLET
JE NE PENSAIS PAS QUE ÇA POURRAIT SENTIR QUOI QUE CE SOIT.
BEURRE DE CACAHOUÈTES ET MERDE DE CHIEN. JE NE DÉCONNE PAS. VIANDE MARINÉE AUSSI, MAIS MOINS.
LUCIFUGE ROFICALE LOUBIN MALEFICIA
C'EST L'ODEUR DE MA SŒUR DÉCÉDÉE CHRISTABELLE, ARRACHÉE À L'EXISTENCE.
MELCHROM NAVKY BELIAL BEHEMOTH

LAURYN, SALE PUTE !
ADJURE ADJURE AGALIAREPT EXODUS...
CHRISTABELLE A FAIT EN SORTE QUE LE FILM TOURNÉ ICI, DONC ELLE, FINIRAIT ENTRE MES MAINS.
DIEU SEUL SAIT COMBIEN DE PERSONNES ELLE A DÉTRUITE DANS LE PROCESSUS, OU POURQUOI ELLE VOULAIT QUE JE VIENNE.
JE PENSE VIVRE SANS JAMAIS AVOIR LES RÉPONSES.

TOUT CE QUE JE VEUX MAINTENANT, C'EST LA VOIR BRÛLER.
ÇA FAIT MAAAAL !
LAURYN, NON ! TU ES CENSÉE T'OCCUPER DE MOI !
C'EST CE QUE JE FAIS.
YIEEEERGGGHHHH
AGALIAREPT ADJURE ADJURE !

ALLEZ, ÇA VA, JE TE FAIS MARCHER.
MERDE MERDE MERDE !
ATTRAPEZ-MOI CETTE CONNASSE.
NON !
FZZZ-SLLLP
ARRGGHH !

OH, SEIGNEUR.
MA JAMBE.
J'AI EU BEAUCOUP DE TEMPS ICI POUR ACQUÉRIR DU POUVOIR. ET TOI MA SŒUR, TU M'AS AIDÉE.
TU VAS CONTINUER ENCORE UN PEU.
COUREZ, POUR L'AMOUR DU CHRIST, COUREZ !
BIEN SÛR, ALLEZ-Y.
EN FIN DE COMPTE, VOUS FAITES TOUJOURS CE QUE JE VEUX... JE VOUS AI AMENÉ ICI POUR LE FAIRE, MAIS COMME ON EST UNE GRANDE FAMILLE...
VOUS POUVEZ AVOIR CINQ MINUTES D'AVANCE...

...UN BIEN MEILLEUR DEAL QUE POUR VOS AUTRES AMIS.
ENCULÉ, VA TE FAIRE FOUTRE !
RHHHR
HUHSSS
LA TÊTE ! ACCROCHE SA TÊTE !
SPLPPP
FORCE LE À SE BAISSER ! VERS LES RAILS ! MAIN-TENANT
OH, SEIGNEUR...
RRR RRRRRRR RRR
OUI !
ALLEZ SALE ENCULÉ ! BOUFFE ! BOUFFE !

GUHHH !
SPLORSHHH
PUTAIN, ON A RÉUSSI. ON A RÉUSSI.
CE N'EST PAS EN TRAIN D'ARRIVER... RIEN DE TOUT ÇA... CA NE PEUT... MES YEUX SONT...
ALLEZ, VIENS, ASSIEDS- TOI. TOUT VA BIEN. ON VA BIEN. TOUT VA BIEN SE PASSER.
IL A TUÉ GEMMELL ET WRATH.
OUAIS, MAIS NOUS ON EST VIVANTS. EN SÉCURITÉ.
PSYCHOSE HALLUCINOGÈNE OCCASIONNÉE PAR UN STRESS EXTRÊME. COMMUN, COMPRÉ- HENSIBLE...

LE PREMIER PAS VERS UN CHANGEMENT PERMANENT, C'EST RECONNAÎTRE L'IMPOSSIBILITÉ D'UNE FAUSSE CROYANCE.
ON N'EST PAS EN "SÉCURITÉ" À SILENT HILL.
BONJOUR. JE SUIS LE DR. ABERNATHY. VOUS POUVEZ M'APPELER TROY. JE SERAI VOTRE THÉRAPEUTE AUJOURD'HUI.
ALORS, COMMENT ÇA VA ?
MERDE !

SZZZ-WHHHHD
DÉSOLÉ.
JE N'AI PAS SPÉCIALEMENT ENVIE DE VOUS FAIRE ÇA. MAIS JE N'AI PAS LE CHOIX.
JE SUIS DANS UNE CONDITION OÙ JE DOIS SÉLECTIONNER MES BATAILLES AVEC BEAUCOUP DE SOIN.
C-CONDITION ?
MORT. MAUDIT.
MAINTENANT RESTEZ TRANQUILLES.
ÇA VA FAIRE TRÈS TRÈS MAL.

ÇA FAIT MAL DE VOIR PAYNE COMME ÇA. JE SAIS CE QUI NE VA PAS CHEZ LUI. CE N'EST PAS SEULEMENT SA JAMBE. IL EST MORT DE TROUILLE.
JE LE COMPRENDS.
JUSTE... JUSTE MA JAMBE. ÇA VA ALLER.
TU PEUX T'APPUYER SUR MOI.
JE PENSAIS T'AVOIR PERDU. J'AI PENSÉ VOUS AVOIR PERDU TOUS LES DEUX.
NE ME REFAIS JAMAIS ÇA.
JE T'AIME. JE LE FERAI PLUS.
JE MENS DEPUIS TELLEMENT LONGTEMPS. JE LEUR MENS À TOUS.
SUR TELLEMENT DE CHOSES...
LAURYN, CETTE FILLE, CES CHOSES... MAIS QU'EST-CE QUI SE PASSE ? EST-CE QUE C'EST VRAIMENT TA SŒUR ?
JE NE SAIS PAS. PEUT-ÊTRE.
ATTENDS UNE MINUTE. ET LE FRIC ? TOUTES CES CHOSES QU'ON POURRAIT FAIRE AVEC CE LIVRE ET CES INSCRIPTIONS SUR LES MURS...
LE LIVRE NE SERT À RIEN. IL NE NOUS AIDERA PAS. ET QU'EST-CE QU'ON A À FOUTRE DU RESTE ? ON DOIT TROUVER UN MOYEN DE SORTIR D'ICI.
LE FEU VA S'ÉTENDRE. ENVAHIR TOUT LE CENTRE COMMERCIAL.
JE NE PENSE PAS...

...RIEN ICI NE BRÛLE COMME IL LE DEVRAIT.
CLOWN, ON N'A PAS LE TEMPS POUR ÇA.
GUNS
C'EST MOI QUI AI PIQUÉ CETTE PUTAIN DE VIDÉO. JE L'AI VU PLUS SOUVENT QUE N'IMPORTE QUI.
CES CHOSES SONT LÀ, DEHORS. ELLES SONT PARTOUT.
AMENEZ-MOI DES DONUTS, PUTAIN... BORDEL, REGARDEZ-MOI TOUTE CETTE MERDE.
COMMENT... COMMENT AS-TU FUI CETTE CHOSE ? ON L'A VU TE TRAÎNER SUR LE SOL, ELLE ÉTAIT ÉNORME ET...
JE LUI AI CREVÉ LES YEUX ET J'AI TRACÉ. PAYNE, JE TE CONNAIS. QU'EST-CE QUI SE PASSE AU JUSTE ?
CLOWN. JE PENSE... QU'IL SAIT POUR NOUS.
PAYNE EST AMOUREUX DE MOI.
CONNARD.
ÇA NE DEVAIT PAS ÊTRE SÉRIEUX.
IL EST TEMPS LES GARS ! ON BOUGE !
QU'EST-CE QUE TU FAIS ?
CONCERNANT TON FRÈRE, TU FERMES TA GUEULE AVANT QU'ON SACHE DE QUOI IL RETOURNE.
QUANT À CE QUE JE FAIS... SHIRK ? TOUS LES AUTRES. ON A BESOIN DE VOIR S'ILS SONT...
...LAURYN ?
SALUT LAURYN, C'EST LE DOCTEUR ABERNATHY.
ÉCOUTEZ, VOUS N'AVEZ AUCUNE RAISON DE VENIR ICI-BAS, BIEN QUE J'AIMERAI QUE NOUS POURSUIVIONS NOTRE DISCUSSION.
JE VOULAIS JUSTE VOUS DIRE, AU CAS OÙ VOUS DESCENDIEZ, AMENEZ UNE PELLE...
... ET UNE SERPILLIÈRE.

NÉANMOINS, VOS AMIS À L'ÉCOLE ET DANS LE PHARE ONT ENCORE UNE CHANCE.
VOUS ALLEZ DEVOIR PRENDRE UNE TERRIBLE DÉCISION. SI VOUS VOULEZ PRENDRE RENDEZ-VOUS, POUR QU'ON EN PARLE-
BORDEL !
LAURYN, QU'EST-CE QUE C'EST QUE ÇA ?
SALUT, JE SUIS PETE.
JE SUIS MIKE !
NOW SHOWING
COMMENT TU VAS CHRISTABELLE ?
ON VA À LAKEMORE. ON EST DANS TA CLASSE.
ELLE FOUT ENCORE LA ZONE DANS MA TÊTE. ARRÊTE ÇA ! FERME TA GUEULE, FERME LÀ !
NOTRE MAMAN EST JUSTE LÀ. ELLE VEUT TE POSER UNE QUESTION. ELLE NE VEUT PAS NOUS CROIRE POUR MLLE HAVERTY.
POURQUOI JE N'AI RIEN VU ? POURQUOI N'AI-JE PAS COMPRIS ? ILS NE FAISAIENT QUE NOUS ÉCOUTER. CHRISTABELLE ÉTAIT EN TRAIN DE ME PARLER DE SON INSTITUTRICE.

J'AVAIS TREIZE ANS LA NUIT OÙ CHRISTABELLE FUT ENLEVÉE. BILLY SHRAM ÉTAIT LÀ. JE VOULAIS LUI PARLER SANS QUE MA PÉNIBLE PETITE SŒUR NOUS TIENNE LA CHANDELLE.
J'AI DIT CE QUE JE SUIS SUPPOSÉ DIRE. CE QUE J'AI DIT CETTE NUIT-LÀ. QUEL CHOIX EST-CE QUE J'AVAIS ?
TRÈS BIEN MORVEUSE, VAS-Y.
ILS UTILISAIENT DES ENFANTS. LES ENCULÉS QUI ONT PRIS MA SŒUR UTILISAIENT DES ENFANTS POUR EN ATTIRER D'AUTRES. ILS LEUR FAISAIENT PEUT-ÊTRE CROIRE QU'IL S'AGISSAIT D'UN JEU.
SI TU VIENS TOUT DE SUITE AVEC NOUS, CE SERA PLUS FACILE AVEC LES AUTRES.
DOUX JÉSUS, COMMENT ILS L'ONT TUÉ, LES CHOSES QU'ILS ONT FAITS À CHRISTABELLE, PUIS AUX GARÇONS...
COMMENT CROIRE QU'IL EXISTE DANS LE MONDE AUTRE CHOSE QUE LA HAINE APRÈS ÇA ?
COMMENT CROIRE QUE L'UNIVERS À UN SENS, QU'ON POURRAIT RESTER EN CONTRÔLE DE QUOI QUE CE SOIT ?
A MOINS DE PRENDRE LE CONTRÔLE.
LAURYN ?
SHUKRAK

JE SUPPOSE QUE C'ÉTAIT SUPPOSÉ M'ÉBRANLER.
UNE PUTAIN DE THÉRAPIE.
ALLEZ !
DES PUTAINS DE CHATONS D'OUTRE-TOMBE...

BAM
BAM
BAM
VRRRRMMMMMMMMMMMM
LAURYN, PAYNE ! MAINTENANT !

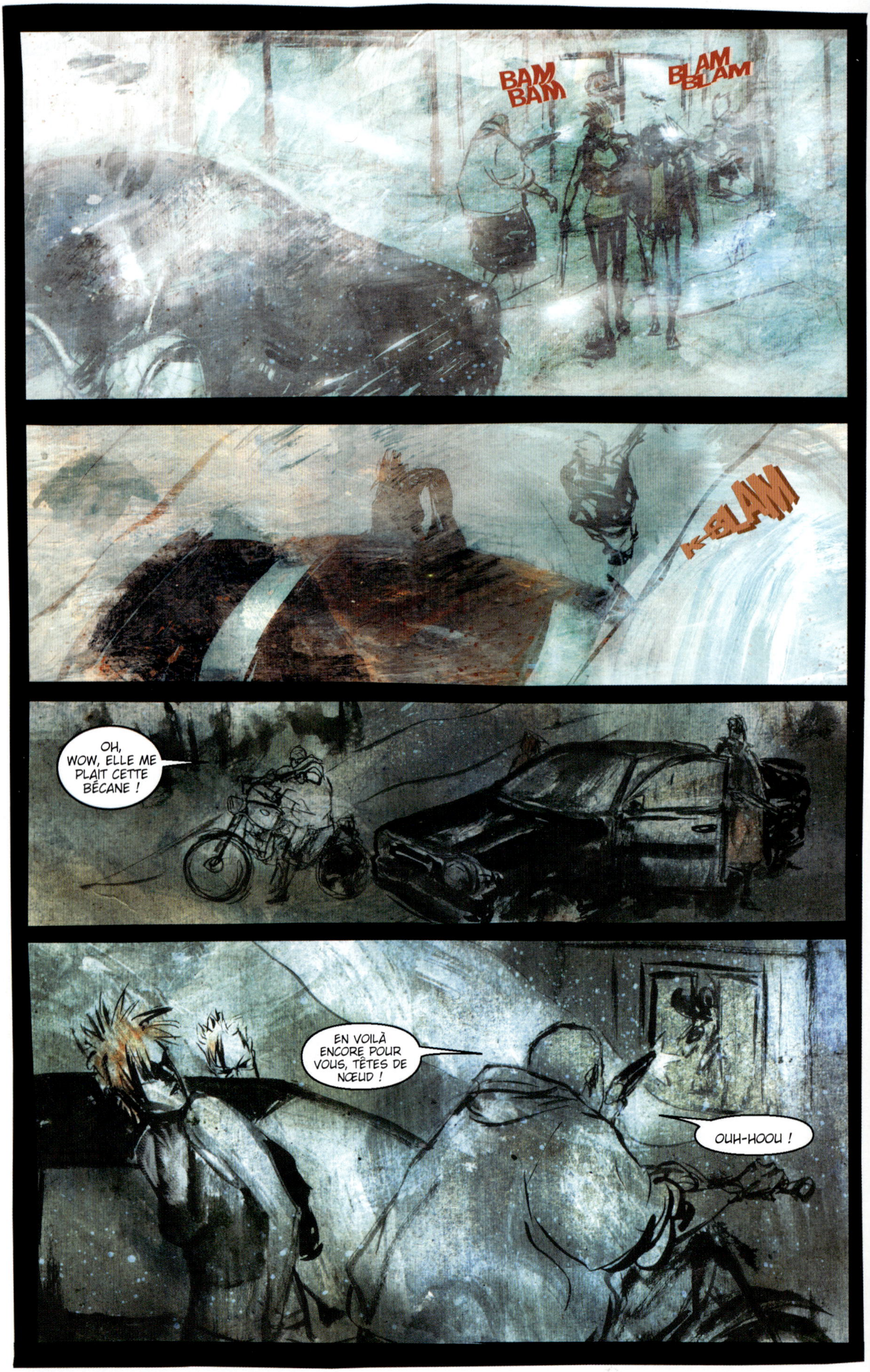
BAM BAM
BLAM BLAM
K-BLAM
OH, WOW, ELLE ME PLAIT CETTE BÉCANE !
EN VOILÀ ENCORE POUR VOUS, TÊTES DE NŒUD !
OUH-HOOU !

ON DOIT RÉCUPÉRER LES AUTRES.
NON !
VICKTOR, VI, LES AUTRES, ON LES ENVOYÉ DANS LE MÉTRO-
CLOWN, ILS SONT MORTS. LAURYN A ESSAYÉ DE LES APPELER. QUELQUE CHOSE A RÉPONDU. JE L'AI ENTENDU. C'ÉTAIT PAS HUMAIN. ET IL Y AVAIT DES CRIS.
ÇA NOUS LAISSE L'ÉCOLE ET LE PHARE. JE M'OCCUPE DU PHARE. LES ESCALIERS, TU SAIS.
NON. TU NE SAIS PAS CE QUI VA SE PASSER. S'IL-TE-PLAIT.
ALORS DIS-MOI.
MON DIEU, JE NE PEUX PAS. JE NE PEUX PAS LUI DIRE CE QUE J'AI FAIS.
L'ÉCOLE.

CLOWN, ÉCOUTE, CES CHOSES AVEC LA FILLETTE. CE N'ÉTAIENT PAS LES MÊMES. LES MONSTRES DE LA BOUTIQUE ET CEUX À L'EXTÉRIEUR DU CENTRE COMMERCIAL ÉTAIENT DIFFÉRENTS.
OUI MON FRÈRE, ILS N'AVAIENT PAS DE MARQUES DE NAISSANCE ET-
MOI JE TE DIS, IL SE PRÉPARE QUELQUE CHOSE. ON A ÉTÉ PIÉGÉS.
CLOWN, POUR L'AMOUR DU CIEL. POURQUOI EST-CE QUE TU M'ÉCOUTERAI PAS JUSTE UNE FOIS ?
OH, CROIS-MOI, PAYNE, JE T'ÉCOUTE AVEC BEAUCOUP D'ATTENTION. TOI ET LAURYN.
QU'EST-CE QUE TU VEUX DIRE PAR...
THRRRRMP-RIPPPPPPPP
PAYNE !

MRRR-REEEEEE
LE FLINGUE, PAYNE ! BUTE-LE !
C'EST QUOI CE BORDEL ?
BAMMMM
OUAIS, OUAIS ! JE L'AI EU !

WHRRR-REEEEEEE
KRRRRRSHHHH
YAGGHHH !
OH MERDE-
IL VA TOUCHER CLOWN !
SQEEEEEE

KRRRR-ASHHHHHH
ON PERCUTE UN ARBRE, ET LE BÂTARD S'ENVOLE.
ON SORT DE LA VOITURE, MAIS C'EST COMME... TOUT ME FAIT MAL.
ELLE EST LÀ, CETTE PUTAIN DE CRÉATURE...
ÇA RESSEMBLE À UN PAPILLON EMPALÉ SUR UNE AIGUILLE, AUSSI ÉPAIS QUE MES HANCHES. MORT, DIEU MERCI. MAIS OÙ SONT...

...CLOWN ? PAYNE ?
VIVANTS. ET INCONSCIENTS. ILS N'ASSISTERONT PAS À TOUT ÇA, DIEU MERCI.
PLANTE UNE AIGUILLE DANS MON ŒIL.
THIS WAY TO MIDWICH ELEMENTARY SCHOOL
JE NE GÉMIRAI PAS.
THIS WAY TO MIDWICH ELEMENTARY SCHOOL
JE NE PLEURERAI PAS.
THIS WAY TO MIDWICH ELEMENTARY SCHOOL

C'EST VRAIMENT TOI, PAS VRAI ?
C'EST UNE FAÇON DE PARLER. HEY, QUAND EST-CE QUE J'AI DROIT À UN CÂLIN ?
POURQUOI TU FAIS ÇA ? POURQUOI MOI ?
PARCE QU'IL Y A DES RÈGLES. C'EST NUL, CROIS MOI. TU PASSES LE VOILE, ET TOUT ICI EST SI COINCÉ DU CUL.
SEUL QUELQU'UN DONT LES MAINS SONT COMME LES TIENNES MAIS NON SOUILLÉES DE SANG BLA BLA...
CE QUE JE VEUX EST LÀ-DEDANS... AVEC TES PETITS CAMARADES. TU VAS ALLER ME LE CHERCHER.
PETITE PUTE, VA TE FAIRE FOUTRE, COMPRIS ?
LÂCHE L'AFFAIRE, LAURYN. SI CE LIVRE EST TOUT CE QUE TU AS-
NON. J'AI AMENÉ QUELQUE CHOSE D'AUTRE.
SHIRK. LES AUTRES.
SORTEZ, VENEZ JOUER AVEC NOUS.

ILS SONT À MOI, CHRISTABELLE. JE LES AI TOUS MARQUÉ AVANT DE VENIR ICI. POURQUOI PENSES-TU QUE J'EN AI AMENÉ AUTANT ?
TUES-EN D'AUTRES, ET CE SERA PLUS FACILE POUR MOI.
JE SUIS VENUE ICI POUR ÉRADIQUER LA CHOSE QUI SE NOURRIT DE MES ENTRAILLES. CETTE CHOSE QUI M'A ENLEVÉ LE CONTRÔLE IL Y A SI LONGTEMPS.
ÇA RESSEMBLE À MA SŒUR. C'EST MÊME ELLE PEUT-ÊTRE.
ÇA N'A PLUS D'IMPORTANCE.
DEMAIN MATIN, L'UNE D'ENTRE NOUS SERA MORTE POUR DE BON.
J'AI HÂTE.

# CHAPITRE 5

Illustration
de couverture #5
de Ashley Wood

LE POUVOIR.
VIKTOR ET VI.
SHIRK.
ET TOUS CEUX QUE J'AI AMENÉS ICI.
MA VOLONTÉ LES CONSTITUE.
MA VOLONTÉ SERA FAITE.
C'EST MOI QUI REPANDS LA PEUR.
ELEMENTARY SCHOOL
MAIS... MAIS C'ÉTAIENT TES AMIS. JE LES AI TUÉS, BIEN SÛR, MAIS...
LAURYN ?

CLOWN ET PAYNE SONT TOUJOURS INCONSCIENTS DANS LA VOITURE, MAIS PENDANT LEUR SOMMEIL, MES MORTS COMBATTENT.
JE ME SENS COMME DIEU DANS UN DE SES BONS JOURS.

JE ME RETOURNE, TOUT EST SI FLOU...
JE ME SOUVIENS DE LA CASSETTE : CELLE TOURNÉE PAR LA FILLE QUE MA SŒUR ISABELLA AVAIT LAISSÉE FUIR. ELLE M'A ATTIRÉE ICI.
CHRISTABELLA EST MORTE DANS D'HORRIBLES SOUFFRANCES. CES ENFOIRÉS D'ASSASSINS LUI ONT FAIT DES CHOSES QUE JE NE VEUX PLUS IMAGINER. SI JE M'EN ÉTAIS MIEUX OCCUPÉE, ELLE N'AURAIT JAMAIS ÉTÉ ENLEVÉE.
ELLE EST DEVENUE UN MONSTRE. UN MEURTRIER. HANTAIT MES RÊVES. DISAIT QUE JE LUI DEVAIS QUELQUE CHOSE. PEUT-ÊTRE. PEUT-ÊTRE SUIS-JE RESPONSABLE DE CETTE HORREUR QU'ELLE EST DEVENUE.
ET SI JE SUIS RESPONSABLE, ALORS JE DOIS FAIRE QUELQUE CHOSE. AVEC LE LIVRE NOIR, JE PEUX L'ARRÊTER. AVEC LE LIVRE...
PUTAIN DE BORDEL À QUEUE.
...-JE PEUX TOUT FAIRE.
DOUX JESUS, LAURYN... QU'EST-CE QUE TU AS FAIT ?
CLOWN ! FAIS GAFFE ! AU-DESSUS !
TU TE FOUS DE MA GUEULE.
YIEEERGHHHH
CLOWN ! OÙ EST CE PUTAIN DE FUSIL ? MA JAMBE, PUTAIN, MERDE, MERDE, MERDE !

BORDEL. C'ÉTAIT QUOI... J'ÉTAIS... J'ALLAIS QUELQUE PART.
CLOWN. PAYNE.
PAS EUX.
CHRISTABELLA, ARRÊTE-LES ! JE TE JURE QUE JE TE DÉVISSERAI LA TÊTE DE TON PUTAIN DE...
OWWWW ! P-PEUX PAS ! PAS À MOI !
SHIRK ! LES GARS ! PROTÉGEZ CLOWN ET PAYNE !
NON.
JE NE LES LAISSERAI PAS PARTIR, LAURYN.
TU SAIS CE QUI VA SE PASSER.
OUAIS. ILS CRÈVENT. ILS DEVIENNENT TIENS.
MAIS ILS MEURENT QUAND MÊME. TES DEUX PETITS AMIS.
ACCEPTE DE FAIRE CE QUE JE TE DIS. FAIS-LE, LAURYN, OU...

PETITE PUTE.
JE VAIS PRENDRE ÇA POUR UN *OUI*.
SORTEZ-MOI CES ENFOIRÉS DE MERDE !
KRRRRRCKKKK
SCREEEE-EEEEEEEEE
AUSSI SIMPLEMENT, LES BÊTES DE CHRISTABELLE CESSENT D'ÊTRE UNE MENACE POUR CLOWN ET PAYNE. ELLE EST PUISSANTE.
BIEN JOUÉ, LAURYN. CETTE FOIS, TU AS PRESQUE FAILLI M'AVOIR.
CROIS-MOI FRANGINE... TU N'AURAS PAS DE SECONDE CHANCE.

PAYNE A DIT... QUE LES MONSTRES N'ÉTAIENT PAS LES MÊMES.
SUPER. ET ALORS ? C'EST UNE LUTTE DE POUVOIR. J'AI BESOIN DE TON AIDE POUR FAIRE PENCHER LA BALANCE. FAIS-LE ET JE GARDERAI TES COPAINS EN VIE.
LÀ, C'EST LÀ QUE ÇA DOIT SE PASSER. N'OUBLIE PAS TON ESCORTE, TU VAS EN AVOIR BESOIN.
QU'EST-CE QUE TU VEUX QUE JE FASSE ?
TU SAURAS.
OH, LAURYN, J'OUBLIAIS. SI JAMAIS TU ESSAYAIS DE T'EN SORTIR, CES DEUX LÀ, TES DEUX AMOUREUX... TU N'IMAGINES PAS LES CHOSES QUE JE POURRAIS LEUR FAIRE SANS LES TUER.
C'EST COMME CE TYPE, JE L'AI GARDÉ EN VIE, QUOI, PENDANT PRESQUE SIX SEMAINES, ÉVEILLÉ, CONSCIENT, IL HURLAIT...
FERME TA PUTAIN DE GUEULE.
TU AIMES TELLEMENT LE SON DE TA PROPRE VOIX.
OUI.
IL M'A PRESQUE BAISÉE LA DERNIÈRE FOIS. LE POUVOIR DU LIVRE NOIR.
ALLONS-Y.
THIS WAY TO MIDWICH ELEMENTARY
JE NE SUIS PAS SÛRE DE POUVOIR LUI RÉSISTER À NOUVEAU...

... SEIGNEUR, J'AI BESOIN DE VOTRE AIDE.
LES GARS ! JE SUIS LÀ ! TOUT VA BIEN SE PASSER !
YAARRGH !
UGH !

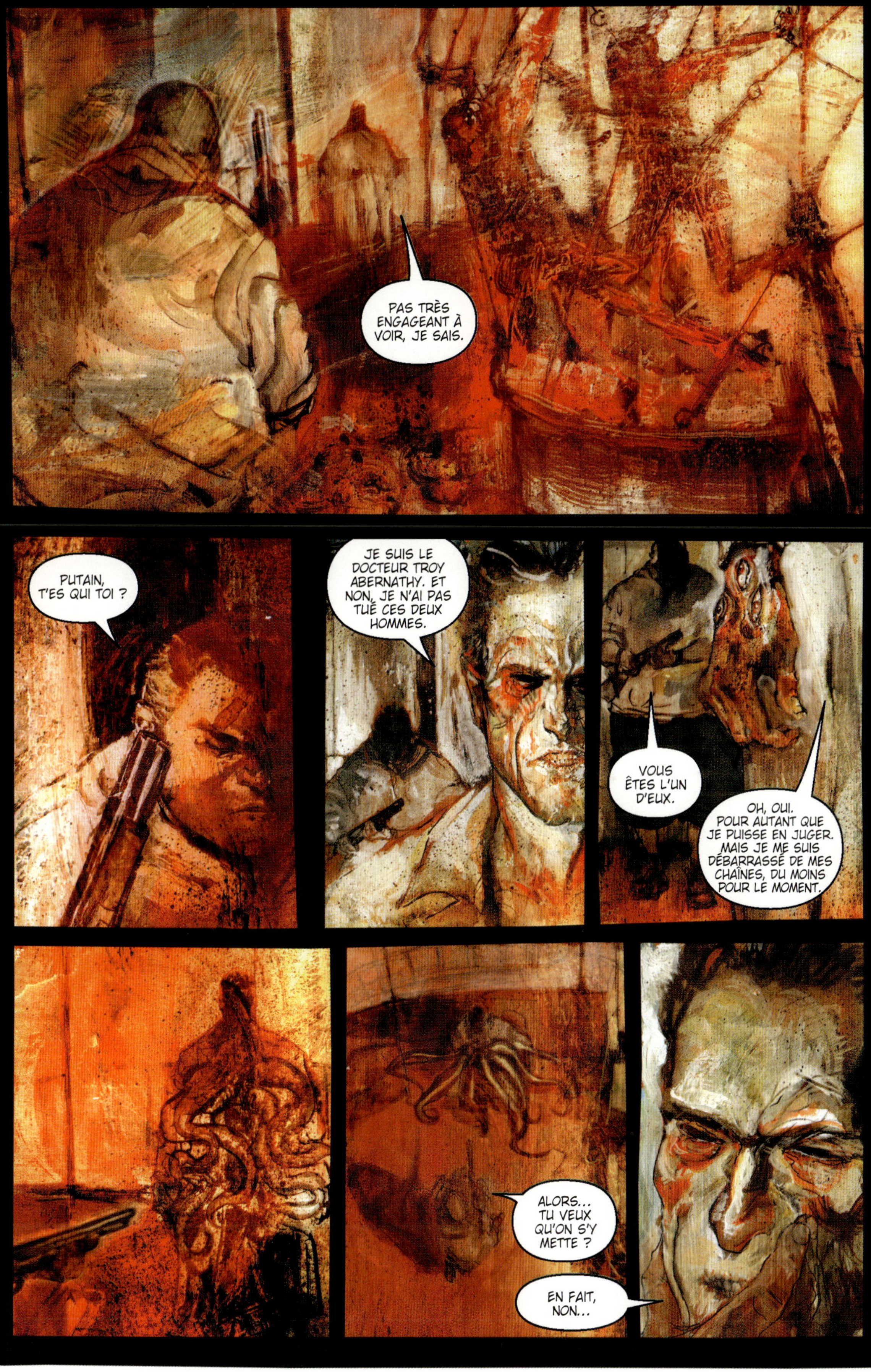
PAS TRÈS ENGAGEANT À VOIR, JE SAIS.
PUTAIN, T'ES QUI TOI ?
JE SUIS LE DOCTEUR TROY ABERNATHY. ET NON, JE N'AI PAS TUÉ CES DEUX HOMMES.
VOUS ÊTES L'UN D'EUX.
OH, OUI. POUR AUTANT QUE JE PUISSE EN JUGER. MAIS JE ME SUIS DÉBARRASSÉ DE MES CHAÎNES, DU MOINS POUR LE MOMENT.
ALORS... TU VEUX QU'ON S'Y METTE ?
EN FAIT, NON...

... J'AI D'AUTRES PLANS POUR TOI.
HUM... LAURYN, ÉCOUTEZ, JE SUIS UN PEU EN PANIQUE LÀ.
J'AI BIEN COMPRIS QUE JE DEVAIS TE SERVIR ET TOUTE CETTE MERDE, C'EST CHOUETTE D'ÊTRE TRÈS FORT, NI DE PLUS AVOIR PEUR...
C'EST JUSTE QUE... JE CONTINUE À LES ENTENDRE, TU VOIS ? TOUS CEUX QUI SONT NÉS ICI. MORTS ICI.
JE SUIS NÉE ICI.
C'EST QUOI CE PUTAIN DE DÉLIRE ? J'ÉTAIS PAS AU COURANT.
ET CHRISTABELLE EST MORTE ICI. C'EST ICI QUE CES ENCULÉS L'ONT EMMENÉE.
ET QU'EST-CE QU'ILS TE DISENT LES MORTS ?
ILS RIENT.
ILS SE MARRENT, PUTAIN, COMME S'ILS SE CROYAIENT MEILLEURS QUE NOUS.
SMASH
OU ALORS ILS VOULAIENT QUE JE VOIE ÇA.

C'EST TRÈS FORT À PRÉSENT. COMME SI CETTE FOIS, J'ÉTAIS APPELÉE.
C'EST ICI QUE JE DOIS ÊTRE. JE LE SAIS.
NOUS DEVONS ENTRER LÀ-DEDANS.
AH ! DIEU, J'ADORE ÊTRE UN BALÈZE. JE PEUX FAIRE TOUT CE QUE JE VEUX !
TU SAIS, LAURYN, FINALEMENT C'EST PAS SI TERRIBLE. MOURIR, C'ÉTAIT DUR, MAIS ÇA... J'AIME.
OUAIS, C'EST COOL.
ILS ESSAYENT DE ME RASSURER.
... MIS À PART CES VOIX... ET TOUTES CES SENSATIONS.
TOUT CE POUVOIR EN MOI... JE VOUDRAI M'Y ABANDONNER. ME JETER..
...SUR TOUT CE QUI VIT.
DIEU DU CIEL.
A-ATTENDEZ-MOI ICI.
80452327
7516142
CE QUE VEUT CHRISTABELLE EST ICI, DERRIÈRE CETTE PORTE VERROUILLÉE. JE PEUX LE SENTIR. ET CES CHIFFRES SONT LA CLÉ POUR L'OUVRIR. UNE SORTE D'ÉNIGME...
... OU D'ÉQUATION.

J'ÉTAIS UNE VRAIE FAN DE MATHS, JADIS. J'AI ÉTÉ BEAUCOUP DE CHOSES.
UNE FOIS, J'AI MÊME CRU ÊTRE UNE VÉRITABLE PERSONNE.
IL Y A QUELQUE CHOSE DE TERRIBLE EN MOI. COMME DES CAFARDS QUI GALOPENT JUSTE SOUS MA PEAU.
JE COMPRENDS DE QUOI IL S'AGIT-: LES PENSÉES DE CHRISTABELLE QUI M'AGRESSENT. SA VOLONTÉ. QUI ME RETOURNE...
NON ! SORTEZ DU CERCLE ! NE-
AAAIIIIEEEEEEEEE

ET, DU CARNAGE...
...ÉMERGE UN NOUVEAU MAL, CONNU SOUS LE NOM DE WHATELY.
TU NE PENSAIS QUAND MÊME PAS QU'ON LAISSERAIT NOTRE PLUS GRAND TRÉSOR SANS SURVEILLANCE.
OH, MERDE.

IL Y A QUELQUE CHOSE QUE JE DOIS TE DIRE. JE... LAURYN ET MOI, NOUS...
JE SAIS.
ELLE... JE VEUX DIRE, C'ÉTAIT MA FAUTE, JE...
JE NE SUIS PAS EN COLÈRE. ÇA N'A RIEN À VOIR AVEC TOI OU MOI.
Q-QUOI ? ELLE M'AIME !
MAIS ELLE NE TE L'A JAMAIS DIT.
ELLE TE LE DIT, TE LE RÉPÈTE TOUT LE TEMPS, MAIS N'EN PENSE PAS UN MOT.
JE SAIS. ELLE POURRIT DE L'INTÉRIEUR.
ELLE... QUOI ?
TOUS LES DEUX, AMOUREUX D'ELLE ? ELLE N'A PAS L'ESTOMAC POUR ÇA. COMME SI ÇA LUI FAISAIT MAL.
ELLE NE VEUT PAS NOUS BLESSER, NI TOI, NI MOI...
... JUSTE ELLE.
RRRRIIPPPPP
WOW - MERDE !
VOUS ÊTES TOUJOURS VIVANTS. QU'EST-CE QUE JE VOUS AVAIS DIT À CE SUJET ?
SÉRIEUX, J'AI ESSAYÉ D'APPELER UN DE MES COPAINS MAIS IL NE RÉPOND PAS.
VOUDRIEZ-VOUS ÊTRE MES NOUVEAUX AMIS...

... ET APPRENDRE À CE PETIT ENCULÉ À NE PAS ME TRAHIR ?
TU AS AMENÉ LE MAL PARMI NOUS. UNE INFLUENCE DISRUPTIVE. ÇA NE PEUT PAS ÊTRE TOLÉRÉ.
IL PARLE DE CHRISTABELLE. QU'EST-CE QU'IL RACONTE ? JE NE L'AI PAS AMENÉE ICI...
BELEPHOR, BALEFUL, BELLERORICON.
AIIIIEEE !
FWOOOSH
L'ÉNIGME... ELLE A ASSEZ DE POUVOIR POUR ME SAUVER, SI SEULEMENT JE POUVAIS LA RÉSOUDRE. JE LE SENS.
MAIS JE N'AI PLUS LE TEMPS...
PRÉPARE-TOI. LE JUGEMENT EST PROCHE. TOUT COMME TA MORT.
PAS SI VITE...

HOGG... TROY... MERDE !
80452327
751/1473
CET AFFRONT NE SERA PAS TOLÉRÉ !
SALUT WHATELY. JE VOIS QUE TU SERS TOUJOURS L'ORDRE. TOUJOURS AUSSI CHIANT À CE QUE JE VOIS.
HOGG ?
JE M'EN CHARGE.
JE NE ME LAISSERAI PAS TOUCHER PAR UNE VERMINE QUI...
BOUGE DE LÀ, TÊTE DE PINE, OU JE TE JURE QUE HOGG VA TE DÉFONCER LA MOULE.
BAM
QUI A PARLÉ DE TE TOUCHER ?
WHHAYRRRRGHHHH

YI-HA, FILS DE PUTE, ALLEZ, VENEZ ME POMPER !
BAM
T-TROY ? MAIS QUE...
JE VAIS ÊTRE TRÈS VITE TRÈS OCCUPÉ. VOILÀ CE QUE TU DOIS COMPRENDRE : DERRIÈRE CETTE PORTE, IL Y A UN AUTRE PATIENT. TOUT CE QUI EST, OU PARAIT, DE CETTE RÉALITÉ, VIENT D'ELLE.
RÉVEILLE-LÀ, ET CES TÉNÈBRES CESSERONT.
LAURYN ? J'OUBLIAIS : ÇA M'ARRANGERAIT QUE TU RAPPELLES LES AUTRES.
LE LIVRE... JE N'AI PAS...
ET PUIS TOUT DEVIENT CLAIR. KERN ET TOUS CEUX QUE J'AI AMENÉS ICI...
ILS SONT MORTS.
TOUT CE QUE TU DOIS FAIRE, C'EST DE PENSER À MOI, DE M'ENVOYER UN PEU DE JOIE.
ET MAINTENANT, ILS SONT ICI.

RRRRRRPPPPPP-SPPLLLLSHHH
FAIS CE QUE TU AS À FAIRE. ON TE COUVRE.
DIEU TOUT PUISSANT... JE L'AI FAIT SANS LE LIVRE. COMMENT EST-CE POSSIBLE ?
ET... QUE SONT-ILS EN TRAIN DE DEVENIR ? QU'EST-CE QUE J'AI FAIS D'EUX ?
JE... DOUX JÉSUS.
JE SAIS CE QUE SONT CES CHIFFRES.
ILS DISENT QUE 666 EST LE CHIFFRE DE LA BÊTE. CHAQUE BÊTE A SON CHIFFRE.
CELUI-CI EST LE MIEN.
UNLOCKED
LE PASSAGE EST OUVERT. PROTÉGEZ...
ON EST BAISÉS.
MAIS... QU'EST-CE QUE J'AI PERMIS AU CORPS DE WHATELY DE RELÂCHER ?

HEY, LAURYN, NE T'EN FAIS PAS TROP POUR LE GROS TRUC NOIR QUI GUEULE. IL FAUDRA À CETTE CHOSE AU MOINS UNE MINUTE POUR BOUFFER AVANT DE NOUS REJOINDRE. REGARDE PLUTÔT PAR LÀ.
SURPRISE ! TES PETITS AMIS !
LAURR-YNNNN !
PAS EUX, S'IL-TE-PLAIT !
... AIDE NOUS...
OUBLIE TES INTENTIONS. TU VAS M'AIDER AVEC LE BON DOCTEUR, C'EST LUI QUI VA ALLER DANS CETTE CHAMBRE ET EN FINIR AVEC CETTE PETITE PUTE COMME ÇA JE POURRAIS...
T'ES UN PUTAIN D'ASSASSIN. TOUT CE QUE TU VEUX, C'EST LE CONTRÔLE, LE POUVOIR.
COMME ÇA ON EST DEUX.
TU AS RAISON.
LOCKED
NON !
LE POUVOIR EST EN MOI. IL L'A TOUJOURS ÉTÉ.

CE QUI T'EST ARRIVÉ N'EST PAS MA FAUTE, CHRISTABELLE. ET VOUS, BANDE DE BÂTARDS...
FOUTEZ-MOI LE CAMP.
EN UN RIEN DE TEMPS... ILS DISPARAIS-SENT.
YIIIEEEEGHHHHH
HEY ! RAMÈNE-LES ! J'EN N'AVAIS PAS FINI !
JE VOUS APPELLERAI EN CAS DE BESOIN.
J'EN FAIS DE MÊME AVEC MES SBIRES.
CLOWN ET PAYNE S'EFFACENT À LEUR TOUR. CHRISTABELLE A DÛ PRENDRE UN PEU DE LEUR SANG POUR CONSTITUER UNE AUSSI BONNE IMITATION.
JE SUIS NÉE ICI. TU ES MORTE ICI. QUELQUE CHOSE S'EST DÉCLENCHÉ ET S'EST ALIMENTÉ SUR CES VEINES. UN SORT. LE POUVOIR.
IL EST À MOI.
JE SUIS... JE SUIS...
ARRACHEZ-LEUR LA TÊTE !
LES CRÉATURES ENTENDENT SON ORDRE. MAIS ELLES NE BOUGENT PAS.

ILS NE T'AIMENT PAS CHRISTABELLE.
ILS NE TE VEULENT PAS.
DR ABERNATHY, MA SŒUR EST INDISPOSÉE. PRENEZ-SOIN D'ELLE.
AVEC PLAISIR, LAURYN.
TU...TU ES... ESPÈCE DE MENTEUSE ! SALOPE DE PUTAIN DE MENTEUSE, JE...
PRENDRE SOIN DES GENS, C'EST CE QUE JE SAIS FAIRE DE MIEUX.

*
YOU ARE
SILENT HILL
WE HOPE YOU
ENJOYED YOUR STA
CE BRUIT... C'ÉTAIT UN CRI ?
MERDE, COMMENT ON EST ARRIVÉ ICI ?
QU'EST-CE...
LAURYN ! ALLEZ VIENS CHÉRIE, IL FAUT RENTRER À LA MAISON.
...
JE SUIS À LA MAISON.
NON...
* VOUS QUITTEZ SILENT HILL NOUS ESPERONS QUE VOUS AVEZ FAIT BON SEJOUR
HOGG RESTE AUSSI. J'AI PAS PU LE CONVAINCRE DE PARTIR.
LAURYN, JE...
ARRÊTE.
VOILÀ. ÇA IRA MAINTENANT. VOUS AUREZ UN BOUT DE MOI, OÙ QUE VOUS ALLIEZ.
PUTAIN, QU'EST-CE QU'ELLE NOUS A FAIT ?

SILENT HILL EST UN ENDROIT SYMPATHIQUE.
UNE VILLE PAISIBLE OÙ LE TEMPS SEMBLE S'ÊTRE ARRÊTÉ. ICI, LES GENS SONT TOUJOURS AIMABLES, ET LE MONDE ESSAYE D'AVOIR DU SENS.
BONJOUR LAURYN ! QUEL PLAISIR DE VOUS VOIR !
LE BROUILLARD SE LÈVE. POUR LA PREMIÈRE FOIS DEPUIS DES SIÈCLES, J'APERÇOIS LE SOLEIL.
SEIGNEUR, JE ME SENS VIVANTE, MON VENTRE RESPIRE.
VENEZ NOUS RENDRE VISITE. JE SUIS TOUJOURS ICI...

DEMAIN, IL FERA BEAU.
FIN

## Découvrez l'autre visage du comics avec Carabas

**Criminal Macabre**
Steve Niles/Ben Templesmith
160 pages
i.s.b.n. 2-914203-63-2

**Popbot - premier livre**
Ashley Wood/Sam Keith
160 pages
i.s.b.n. 2-914203-21-7

**Popbot - second livre**
Ashley Wood
160 pages
i.s.b.n. 2-914203-81-0

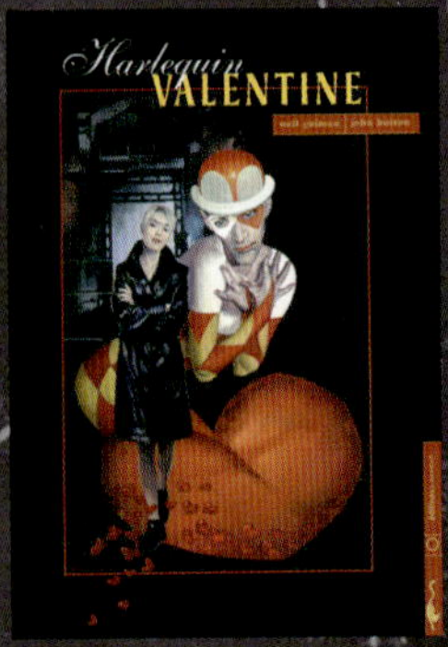


**Harlequin Valentine**
Neil Gaiman/John Bolton
48 pages
i.s.b.n. 2-914203-16-0

**Silent Hill**
Scott Cien/Ben Templesmith
132 pages
i.s.b.n. 2-914203-80-2

**Lore**
TP Louise/Ashley Wood
160 pages
i.s.b.n. 2-914203-97-7